Siegfried Binder

Verschwiegen und geheim

Erzählungen

Die Handlungen dieser Erzählungen sowie die darin vorkommenden Personen sind frei erfunden. Eventuelle Ähnlichkeiten mit realen Begebenheiten und tatsächlich lebenden oder bereits verstorbenen Personen wären rein zufällig.

*Bibliografische Information der Deutschen Nationalbibliothek
Die Deutsche Nationalbibliothek verzeichnet diese Publikation in der Deutschen Nationalbibliografie; detaillierte bibliografische Daten sind im Internet http:// dnb.b.- nb.de abrufbar.*

*TWENTYSIX
Eine Marke der Books on Demand GmbH
© 2022 Siegfried Binder
Herstellung und Verlag: BoD – Books on Demand, Norderstedt
Random House 2. Auflage
twentysix
Satz,Layout: Graphische Betriebe Staats, Lippstadt
Titel: Heinrich Kemmer: Das zerstörte Gesicht(1989)
ISBN 978-3740-7121-81*

Inhalt

Verschwiegen und geheim   5

Der Sturz des Adlers   156

Verschwiegen und geheim

1

Wie sehen wir uns? Wohin gehen wir? Was erwartet uns? Sind diese Fragen zu beantworten?
Wir träumen von verführerischen Früchten und begehren sie, rächen unsere psychischen Verletzungen, bestrafen unsere Widersacher und streben nach Macht, Reichtum und Bewunderung. Das sind unsere Wünsche, bunt ausgemalt in den Tiefen unseres Bewusstseins. Sprechen wir darüber? Nein, unsere Bedürfnisse bleiben verborgen, sind geheim und intim, nicht gedacht für fremde Ohren. Wir überspielen, unterdrücken, verdrängen, verleugnen sie und stauen sie auf. Doch irgendwann sprengen sie die Gitter unseres Gefängnisses, treten gewaltsam und brachial zu Tage. Der Boden wankt, auf dem wir stehen. Das Böse ist in uns und stets gegenwärtig, wir werden davon regiert. Wir ahnen es. Dumpfe Angst und existentielle Furcht bestimmen deshalb

unser Dasein. Wir fliehen vor uns in Tagträumereien und ignorieren, dass wir auf einem ausgelaugten, verseuchten und verödeten Planeten leben. Wir hoffen auf eine bessere Zukunft und finden aus dem Niedergang nicht heraus. Wie auch, wo wir Meister im Verleugnen unseres Soseins sind und uns nicht selbst ändern. Wir zünden Lichter an im gelebten Dunkel und meinen, es sei die Sonne. Es leuchtet auf, es leuchtet auf, es leuchtet auf der Fortschritt, so der Glaubensschrei. Und werken zugleich daran, dass die Meeresverschmutzung, die Erhitzung der Atmosphäre, die Resourcenausbeutung, die Überbevölkerung zunehmen und unsere Erde bis zum Ende und zum urigen Anfang treibt, so wie es geschrieben steht: Die Erde aber war wüst und wirr, Finsternis lag über der Flut und der Geist schwebte über dem Wasser. Der Mensch besinnt sich nicht, er bleibt derselbe und produziert unverdrossen Schimären. Er tötet und vernichtet wie in Vorzeiten. Er versinkt im selbstgeschaffenen Morast und redet sich ein, er befinde sich im Garten Eden.

Rechts der Baum der Erkenntnis, links der Baum des Lebens. Die vererbte Welt zerfällt, Adam aber schaut beglückt zu, denn die neue Welt hat die künstliche Intelligenz hervorgebracht mit einmaligen Ideen. Grämt euch nicht, vertraut darauf. In Wirklichkeit ziehen diese Ideen den wetterwendischen Wolken hinterher und gehen von einem Tag zum anderen im Vergessen unter. Hoffnung und Scheitern liegen im gleichen Bett. Es ist das Glück des Blinden, wenn er in seiner Dunkelheit die Vision hat, Farben zu sehen. Wenn der Vorhang sich lichtet, folgt der zärtlichen Nacht das böse Erwachen am frühen Morgen. Ein Blick aus dem Fenster unsres Daseins genügt zu erkennen, dass wir keine neuen Kleider tragen, wir dreschen noch immer leeres Stroh. Es fehlt der Samen, der uns eine neue Ernte verheißt und einen neuen Menschen.

2

Die Sonne schien, die Bäume färbten sich rot, braun, ocker oder gelb. Friedrich, im Alltag Fritz gerufen, radelte frohgemut durch den Park, genoss den milden Herbstwind und war voller Glückseligkeit. Er hatte vor wenigen Stunden die Nachricht erhalten, dass er das Architekturstudium bestanden hatte. Er empfand die Schönheit der Welt, ihren Anblick und ihre Harmonie körperlich sinnlich nahe. Die Zukunft stand ihm offen. Was er sich erwünscht hatte, war ihm durch Fleiß zugefallen. Er hatte das Diplom mit sehr gut bestanden, was ihn mit Stolz erfüllte, er aber verschwieg. Wer nichts hat, lernt sich zu bescheiden. Er war in einer Arbeiterfamilie aufgewachsen, in der jeder Euro zählte. Er träumte viel und malte sich in seiner Fantasie das Begehrte aus. Zum Beispiel den fliegenden Teppich, der ihn an jeden Ort der Erde seines Wunsches brachte. Dann wanderte er durch Wüsten und erklomm die höchsten Berge, besichtigte Tempel und

Ruinen vergangener Zeiten, war reich und mächtig. Jetzt, wo er die Sprungschanze der höheren Bildung verlassen hatte und Höhenluft ihn trug, wagte er, die kühnsten Vorstellungen zuzulassen. Er hatte große Pläne, gab sich seinen Fantasien hin und pfiff dabei den neuesten Schlager vor sich hin. Wie schön war die Welt! Er nahm seine Hände vom Lenker des Rades und fuhr mit dem Körper die Balance haltend auf dem schmal gehaltenen Weg des Parks. Er hörte noch, wie eine Mädchenstimme laut, aber vergebens rief:
„Tonja, nein, nein, hierher, komm hierher! Hierher!"
Der Hund sprang ihn an und Friedrich fiel seitlich auf die Erde. Der Hund schien begeistert von seinem Spielgenossen zu sein, tollte um ihn herum und leckte ihm im Hin und Her bei günstiger Gelegenheit eifrig das Gesicht ab. Noch in Abwehr gefangen, konnte Friedrich zwei weibliche Beine vor sich sehen. Er blickte auf und sah in ein erschrockenes Gesicht. Ihre Augen waren aufgerissen und ihre Pupillen geweitet. Sie beugte sich

nieder und half ihm aufzustehen.
„Haben Sie sich weh getan?"
Welch eine Frage, wo sie doch sah, dass er blutete. Sie schimpfte: „O Tonja, Tonja, was hast du gemacht." An Friedrich gewandt: „Tonja, mein Hund, ist noch jung und sehr verspielt. Sie ist nicht bissig. Entschuldigen Sie, bitte, entschuldigen Sie. Es war meine Schuld. Ich habe sie nicht an der Leine geführt, es war meine Schuld. Oh, Sie bluten im Gesicht."
Sie griff in ihre Manteltasche, holte ein Tempotaschentuch heraus und tupfte damit das Blut im Gesicht von Friedrich ab, vorsichtig und behutsam. Es war wohl das Beste, was sie tun konnte. Er hielt still und betrachtete sie bei ihrem Tun.
Sie stellte fest und fragte im gleichen Atemzug: „Sie sind verletzt. Tonja hat sie nicht gebissen, es war der Sturz. Ist es vielleicht besser, wenn ich einen Krankenwagen rufe?" Er fand zur Sprache zurück. „Nein, die Wunde ist nicht der Rede wert. Machen Sie sich keine Vorwürfe, auch ich bin am Unfall schuldig. Ich bin freihändig gefahren. Mut macht blind."

Er lachte gekünstelt und ergänzte: „Sprichwörter treffen genau. Hochmut kommt zum Fall! Aber ein weiteres Sprichwort behauptet, dass aller Segen von oben kommt."
Er schaute sie prüfend an, ob er nicht zu viel gesagt hatte.
Sie prustete los, ihr Gesicht entspannte sich und sie feixte: „Nein, nein. Ein gebranntes Kind scheut das Feuer. Merken Sie sich das! Und das Gegenteil: Jeder ist seines Glückes Schmied. Und mir fällt noch ein weiteres Sprichwort ein. Warum in die Ferne schweifen, sieh, das Glück, es liegt so nah!"
Ihr Gesicht lockerte sich und sie lächelte. Er schüttelte seinen Schmerz ab wie Tonja das Wasser, starrte sie an und konnte sich an ihr nicht satt genug sehen. Ihr Gesicht wurde eingerahmt von rotblonden, gelockten Haaren. Ihre Augen strahlten blau, die Nase war edel geschwungen, ihr Mund schien ihm wie eine lichtrote Rose in der Blüte. Sie machte ihn befangen. Es war ein Zustand von Verwirrung und Beglückung, den

er angesichts eines schönen Mädchens immer hatte. Er überlegte, was konnte er ihr sagen? Er wollte sie kennenlernen und brachte doch kein weiteres Wort hervor. Er fühlte, dass seine Stimmung wechselte, die er noch vor wenigen Momenten hatte und ihn jetzt lähmte. Ihn ergriffen jene unfassbaren und absurden Gefühle, die ihn sein bisheriges Leben lang begleitet hatten. Es war eine unbestimmbare Angst, die sein Dasein verdunkelt hatte. Sie war stets da, wo er sich akzeptiert und doch anders behandelt fühlte. In solchen Situationen wie der jetzigen glaubte er, dass er gemieden und als bedeutungslos angesehen werde. Die flüchtige Augenweide der weiblichen Schönheit machte ihn hilflos und er wünschte sich ein Mittel, das ihn mit einem Schlag von seiner Schüchternheit heile. Sein Komplex hatte ihn jedoch auch gegenwärtig fest im Griff. Ihn ergriff eine unverständliche irrationale Furcht. Er hob sein Fahrrad hoch und stammelte:
„Es ist alles gut, alles gut, grüß Gott!"
Er schwang sich auf sein Rad und preschte

davon. Sie verfolgte ihn mit Blicken und dachte irritiert: „Verrückter Kerl, habe ich etwas Falsches gesagt?"

Friedrich ging das Gesicht der Fremden nicht aus dem Kopf. Er stellte sich ihre großen, runden und ausdrucksvollen Augen vor, die kleine Nase, die vollen Lippen und die hohen Wangenknochen. Ihre Attraktivität zog ihn unwiderstehlich in den Park. Er fuhr dort täglich mit dem Rad Runde um Runde in der Hoffnung, ihr zu begegnen. Tatsächlich traf er sie mit der angeleinten Tonja öfter an. Dann nickte er zum Gruß kurz mit dem Kopf und trat gleichzeitig kraftvoll in die Pedalen. Er wollte nicht, dass sie glaube, dass er ihretwegen im Freizeitgelände herumfahre. An einem Sonntag im November rief er seiner Mutter zu, dass er noch einige Kilometer radeln wolle. Sie verließ sich auf ihre Intuition und durchschaute ihn: „Ist es ein Mädchen? Grüß sie von mir!" Sie schmunzelte und freute sich, denn sie wusste, dass er Mädchen gegenüber sehr gehemmt war.

Sie dachte, er ist alt genug, vielleicht klappt es. Er wich seiner Mutter aus: „Ach Mama, Du kennst mich doch!"
Er schwang sich auf das Rad und fuhr wie so oft in der Hoffnung, die Unbekannte zu treffen, zur Parkanlage. Er spähte nach ihr, entdeckte sie nicht und übersah, dass sich die Wolken zusammenzogen. Es dunkelte, Windstöße kündigten ein Unwetter an.
Blitze und ferner Donner warnten, er aber suchte. Die ersten Tropfen fielen, er jedoch hoffte. Der Wind wurde zum Sturm, er gab seine Zuversicht nicht auf. Noch bevor er sich in Sicherheit bringen konnte, goss des Himmels Meer sich in Strömen auf die Erde nieder. Er suchte Schutz vor diesen Wassermassen und fand ihn notdürftig unter einem Baum. Der Fluss schwoll an, auf seiner Oberfläche tanzten Bläschen. Er vernahm ein Trappeln und sah, wie das Mädchen mit Tonja angelaufen kam. Sie war leicht bekleidet und völlig durchnässt. Sie stellte sich zu ihm, er zog seine Windjacke aus und legte sie um die unbekannte Fremde.

Sie sagte beklommen: „Danke. Ich heiße Rosa. Ich glaube, wir kennen uns. Welch ein fürchterliches Wetter!"

Das Wunder geschah, es war fast so finster wie in der Nacht. Er sprach in die Dunkelheit, er sah sie nur verschwommen. Der Mund wurde ihm geöffnet und wie das Wasser aus einem Quell quollen die Worte leicht aus ihm heraus. Er stellte sich vor und war in seinem Redefluss nicht zu bremsen:

„Mein Name ist Friedrich Banse, alias Eliam Löwenstein. Ich kam 1942 in einem kleinen Dorfe in Sachsen-Anhalt zur Welt. Mein Vater war der Dorfschuster. 1943 drangen SS-Soldaten zur Mittagszeit in seine Wohnung ein. Mein Vater sprach gerade das Mittagsgebet. Sie verhafteten ihn und zwei meiner älteren Brüder. Meine Mutter ahnte Böses und konnte mit mir in das gegenüberliegende Haus des Großgrundbesitzers Banse flüchten. Sie erwartete ein Kind, sie war im achten Monat schwanger und das Rennen fiel ihr schwer. Sie hielt mich an der Hand, ich war etwas über ein Jahr alt.

Die Soldaten verfolgten sie. Sie erreichte mit letzter Kraft das Haus Banse und trommelte ungestüm an deren Haustür. Der Anführer der Schergen brüllte, bleiben sie stehen oder wir schießen. In diesem Moment öffnete Frau Banse die Tür und zerrte meine Mutter in das Haus. Meine Mutter flehte sie an, um Christi willen, retten sie uns. Und Frau Banse zögerte nicht. Sie forderte meine Mutter auf, mich ihr zu geben. Meine Mutter hob mich auf und legte mich in ihre Arme. Der SS-Unteroffizier befahl, geben sie mir das Balg, es sind Juden. Frau Banse antwortete heftig, dass ich ihr Kind sei. Wenn er es haben wolle, müsse sie ihn erschießen.

Das machte ihn ratlos. Er drehte sich um und suchte wohl Rat bei seinen Soldaten. Die aber hielten den Kopf gesenkt. Da befahl er, wir nehmen die Frau des Schusters mit, das Kind ist das Kind des Großbauern. Es bleibt hier. Die SS-Männer ergriffen meine schlotternde Mutter und führten sie ab. Sie wehrte sich nicht. Meine Mutter, mein Vater

und meine zwei Geschwister wurden ermordet."
Friedrich hielt in seiner Erzählung kurz inne und das Mädchen bemerkte, dass seine Augen nass wurden und seine Stimme zitterte. Sie wurde von Traurigkeit erfasst und spürte den Regen und die Kälte nicht. Nach einer Weile fuhr er fort:
„Ja, so wurde Frau Banse meine Mutter. Alle Dorfbewohner wussten, wer ich war. Keiner verriet sie, keiner sprach sie darauf an. Auch ich erfuhr von meiner Herkunft nichts. 1946 wurde die Familie Banse von den kommunistischen Machthabern enteignet und wir flohen nach Westdeutschland. Mein Ersatzvater fand eine Anstellung bei der Firma Bayer. Als ich sechzehn Jahre alt wurde, händigte mir meine Mutter meine Geburtsurkunde aus und schilderte mir das Drama meiner Herkunft. Sie erzählte mir das Geschehen in allen Details. So wurde ich in ihre Familie aufgenommen. Es schockierte mich. Bis dahin wurde ich in der Familie als etwas Besonderes behandelt. Man verwöhnte mich und zog mich den

anderen älteren Brüdern vor. Ich verhielt mich, als sei ich etwas Besonderes. Nun wurde mir von einer zur anderen Minute bewusst, dass ich ein Kuckuckskind bin. Man bemitleidete und bevorzugte mich deshalb. Fortan glaubte ich, dass ich nur aufgrund meines Schicksals die Vorzüge, den Schutz und die Liebe einer ehemals reichen und integren Familie genossen hatte. Als meine Ersatzmutter mir meine Rettung enthüllte, weinte ich und sie weinte auch. Sie nahm mich in ihre Arme und raunte mir unter Schluchzen zu:
„Gott hat Dich mir geschenkt, vergiss es nicht, Du bist ein Geschenk Gottes und ich bin Deine Mutter für alle Zeit. Du bist etwas Besonderes, der Allmächtige hat Dich von vielen Juden auserwählt."
Ich nickte und schwieg. Dennoch quälen mich seit dieser Zeit Angst, Bedrohung und Gefühle der Demütigung. Ich fand mich im Dickicht meines finsteren Urgrundes nicht zurecht. Ich wusste nicht, wohin ich gehöre, zu den Verfolgern oder zu den Verfolgten. Ich durchlebte immer wieder in Vorstellungen, Träumen und

Gedanken die Situation meiner leiblichen Mutter ohne sie zu kennen. Sie wird geschlagen, gefoltert, getötet. Ich sehe sie, ich höre sie, ich fühle sie. Sie fleht und schreit und bittet, ich bekomme ein Baby, tötet mich nach der Geburt, aber lasst das Ungeborene leben. Und dabei werde ich den Gedanken nicht los, warum habe ich überlebt und mein Geschwister nicht. Ich habe erkannt, es waren die Taten Satans und fürchtete mich insgeheim vor ihm. Frau Banse war furchtlos im Vertrauen auf Gott. Sie ist meine Mama, sie ist mir mehr als nur Ersatzmutter, sie ist der Geist, der mich trägt. Sie ist das warme Licht, das mich und die Welt erhellt und mich am Leben erhalten hat. Sie ist ein Kristall, hell und durchsichtig. Ihr Vorname ist Maria. Welch ein Götterspruch! Ich nahm ihretwegen mein Schicksal an, litt und tat, was man von mir verlangte. Und doch hat mich ihr Erzählung verändert. Ich verlor meine Lebensfreude, wurde gehemmt und fühlte mich oft verfolgt, obwohl es dafür keinen Anlass gab. Ich beschäftigte mich mit der

Geschichte meines Volkes und erkannte, dass es die Vorsehung einer höheren Gewalt ist, die bestimmt, wie unser Leben verläuft, was uns gelingt und wann wir scheitern, wann wir sterben und ob wir im jenseitigen Leben aufgenommen werden. Unser Anteil daran besteht darin, dass wir die Gebote Gottes befolgen oder verwerfen. Nun habe ich Dir fast alles von mir gesagt. Nein, es ist nicht alles. Ich habe studiert und bin seit sechs Wochen Diplom-Ingenieur. Und jetzt fahre ich Dich nach Hause. Setze Dich auf die Stange, fürchte Dich nicht, ich falle nicht immer vom Rad."
Rosa lächelte ihn an und war den Tränen nahe. Es vermischten sich bei ihr Mitleid und Scham. Auch sie hatte auf Demonstrationen gerufen, mein Bauch gehört mir und sich damit solidarisch mit jenen Christen erklärt, die den Nichtgeborenen das Leben verweigern. Sie äußerte leise: „Du sprichst wunderschön, Du hast mir Erkenntnis gebracht. Ich bin gerührt, meine Gefühlte sind aufgeputscht.

Ich vertraue Dir und weiß nicht warum."
Beide kamen nach wenigen Minuten zu ihrem Elternhaus. Sie gab ihm seinen Mantel zurück und sagte mit feinem Spott:„Welch wunderbares Wetter. Der Himmel hat uns gesegnet. Sehen wir uns wieder?"Da kroch die Angst in ihm wieder hoch. Ohne zu antworten schwang er sich auf sein Fahrrad und schrie beim Wegfahren, um seine Angst zu übertönen: „Ja, ja, ja. Rosa, ja, wir sehen uns wieder."
Sie vernahm seine letzten Worte nicht und war sich dennoch sicher, dass das Liebesband zu ihm geknüpft war.
Sie trafen sich öfter im Park, stellten sich schließlich ihren Familien vor. Rosas Vater arbeitete Schlosser, die Mutter war Hausfrau, sie hatten drei Kinder. Glaubensfragen wurden in dieser Familie nicht diskutiert. Rosa hatte den Beruf einer Krankenschwester ergriffen, war zweiundzwanzig Jahre alt und ihre Eltern waren nicht überrascht, dass sie heiraten wollte. Sie hatten auch keine Einwände, als Friedrich alias Eliam vorschlug, die Hochzeit nach jüdischen Ritus zu

zelebrieren. Friedrich und seine Familie waren über die Verbindung hocherfreut, denn ein eheloser Mensch gilt nach jüdischer Auffassung als unvollkommen. Nachkommen zu zeugen ist ein göttliches Gebot. Friedrich verstand sich innerlich als Jude. Er konsultierte mit Rosa den nächstgelegenen Rabbiner und bat ihn zu überprüfen, ob nicht Ehehindernisse gegen die geplante Heirat sprächen und an welchem Tag die Trauung stattfinden solle. Der Sabbat und jüdische Festtage kamen nicht infrage.

Die Zeremonie wurde einverständlich auf einen Dienstag festgelegt und sollte im Freien im Park stattfinden, um Gottes Segen für die Ehe vom Himmel ungehindert empfangen zu können. Die Braut und der Bräutigam erschienen an diesem Tage ganz in Weiß gekleidet, die Braut hatte ihr Gesicht als Zeichen der Unschuld und der Reinheit verschleiert, der Bräutigam trug eine weiße Kippa. Ein Baldachin war unter dem Baum aufgebaut, unter dem sich die Brautleute nahe gekommen waren. Die Familienangehörigen und drei junge Männer hatten sich unter der Chuppa versammelt. Der Rabbiner sprach die Heiligung und die Angelobung aus, füllte einen Becher mit Wein, segnete die Brautleute und ließ sie den Wein aus dem Becher gemeinsam trinken. Eliam steckte danach den Ehering an den Zeigefinger der rechten Hand von Rosa und sprach auf aramäisch die Worte: Du bist mir durch diesen Ring angelobt entsprechend dem Gesetz von Moses und Israel. Damit war die Ehe geschlossen. Der Rabbiner las laut und vernehmlich den Ehevertrag vor. Eliam habe seine Frau zu ehren, für sie zu sorgen und ihre Bedürfnisse zu befriedigen. Sie sei verpflichtet, ihm treu ergeben zu sein und den gemeinsamen Haushalt nach besten Können zu versorgen. Nun sprach der Rabbiner sieben Segenssprüche aus, die Jungvermählten tranken nochmals aus einem Weinglas und der frisch vermählte Ehemann zertrat mit dem Fuß dieses Glas. Die Zeremonie war damit beendet, eine kleine Kapelle spielte auf, Geschenke wurden überreicht und mit Tanz, Gesprächen und Witzen wurde das Ereignis bis zum Ende gefeiert. Friedrich alias Eliam Merz – er hatte den Familiennamen von Rosa angenommen- hatte sich intensiv mit dem Wesen der Ehe auseinandergesetzt. Er ging davon aus, dass die Ehe in früheren Zeiten noch sakralen Charakter hatte. Er weigerte sich, die Ehe in die äußere, letztlich gnadenlose und Gott abgewandte Welt verkommen zu lassen, die Kinder aussetzt und beziehungsgestört sich selbst überlässt. Er sah mit aller Klarheit, dass die Verbindung von Mann und Frau ihre geistige Begründung und Form im Verlaufe der Geschichte zerbrochen, ihr symbolischer Sinn verloren gegangen war und ihre religiöse Rechtfertigung zur leeren Forderung des Herzens stilisiert wird.

Der Radius ihrer Auflösbarkeit hat sich ins Unendliche ausgeweitet. Der Lebenssinn der Ehe wurde dadurch fragwürdiger, die Liebeskraft der Menschen zur Bindung ging verloren, das erotische Bedürfnis wurde von Sex abgelöst. Die Scheidung wurde sozial akzeptiert, war fast der

Normalfall und Ehe und Liebe drifteten auseinander. Die Scheidung mutierte zur Alltäglichkeit. In diesem Umfeld wurden bei den aus einer Ehe geborenen Kindern Wut und Verlassenheit unbewusst gezüchtet. Er dachte nach und prüfte sich kritisch. Am Anfang seiner Liebe zu Rosa stand das Erlebnis des Geeintseins. Es war das Gefühl der Verschmelzungswonne, des übersinnlichen Lebensfeuers, der Glanz einer Leidenschaft. Hielten diese ewigkeitstrunkenen Wallungen für ein ganzes Leben? Er verneinte es für sich. Aus dem Manne wird ein Greis, aus der Frau eine Greisin.

In der Erstbegegnung wird eine Phase der Romantik durchlebt und die zukünftige Wirklichkeit nicht bedacht. Sie fördert Konflikte und Gegensätze zutage und ist mit Romantik unvereinbar. Die Zeit brachte es mit sich, dass er mit Rosa vor der Ehe intim wurde. War es die Fleischeslust, die ihn zu ihr trieb? Der isolierte Geschlechtstrieb allein fundiert nicht eine Ehe, das war ihm bewusst. Wer nur nach Vergnügen allein trachtet, verliert seine Persönlichkeit. Liebe schafft Bindungen, Sexualität zerstört sie. Sex kann keine dauernde Gemeinschaft begründen, weil sie im Wandelbaren wurzelt und schnell gesättigt wird. Er fragte sich, was hat mich dann an Rosa gefesselt? Er grübelte, dann fand er die Antwort. Es ist das Wesensbild von ihr. Ich liebe ihre Person im Ganzen, das Überindividuelle, das Ewige, das sie ausstrahlt. Es ist nicht eine Fiktion, es ist ein wirklich Seiendes von höchster Seinsfülle und von symbolischen Gehalt. Sie gleicht der bildhaften Ausprägung eines idealisierten Menschen und sendet Aspekte des Göttliches aus. So entsteht die Verehrung, die Liebe, die Bewunderung zum Helden, zum Heiligen, zum Vorbild. In gleicher Weise formt sich auch die Liebe zum Mann oder zum Weib. Frohen Herzens entdeckte er, dass seine Liebe zu Rosa unbewusst den überpersönlichen, menschlichwesenhaften Hintergrund mit erfasst, der in seiner Liebe ebenso wirksam ist wie der von Rosa zu ihm. Er war sich sicher, dass die einenden Kraft der Liebe sein ganzes Leben anhält und alle Stürme des Lebens übersteht. Er dankte Gott und gelobte ihm und ihr seine Treue.

3

Rosa wurde sehr bald nach der Hochzeit schwanger. Friedrich arbeitete in einem Architektenbüro. Der Zeitpunkt der Geburt kam näher, sie sollte in einem weiter gelegenen Krankenhaus stattfinden. Die Familie war voller Erwartungsfreude. Rosa hatte für das Kind und für sich alles vorbereitet, die Kliniktasche stand bereit. Der voraussichtliche Entbindungstermin näherte sich. Sieben Tage vor dem berechneten Geburtstermin sctzten bei Rosa die Wehen sporadisch ein und häuften sich. Am Tage der Geburt war Friedrich gegen 7 Uhr zur Arbeit gefahren. Rosa ging zur nahegelegenen Bushaltestelle und bestieg den Bus. Als Erstgebärende wollte sie nicht zu Hause entbinden. Sie setzte sich auf die Bank im hinteren Teil des Fahrzeugs. Die Wehen nahmen zu, später sagte ihr der Arzt, das

Kind sei eine Sturzgeburt gewesen. Im Bus nahmen die Wehen zu, sie spürte den Blasensprung, das Fruchtwasser ergoss sich über die Sitzbank, die Schmerzen wurden intensiver. Rosa legte sich auf die Bank und schrie:
„Ich bekomme ein Kind, helft mir, helft mir!" Ein junger Mann, der zwei Plätze vor ihr saß, eilte zu ihr, zog ihr die Strümpfe und das Höschen aus und redete ihr gut zu. Sie schämte sich und gurgelte: Nein, nein, lassen Sie das, ich will es nicht!"
Er beruhigte Sie mit leiser und eindringlicher Stimme: „Sie brauchen Hilfe. Die Strecke bis zum Krankenhaus ist nicht weit, sie beträgt nur sieben Kilometer. Halten Sie aus, halten Sie aus! Ich bin bei Ihnen, ich werde sie nicht verlassen. Alles ist gut!"
Der junge Mann bettete sie so bequem, wie es möglich war. Nach wenigen Minuten schrie sie auf: „Es kommt, es kommt!"
Er bat sie, den Atmen anzuhalten und zu pressen und die Knie an die Brust zu ziehen. Sie gehorchte. Er sah das Köpfchen von dem Kind, drehte den Körper des

Kindes leicht seitlich und es flutschte aus dem Mutterleib. Er durchschnitt die Nabelschnur mit seinem Taschenmesser und verknotete sie, klopfte auf den Popo des Kindes und es tat seinen ersten Atemzug.

Es begrüßte Mutter, Geburtshelfer und die Passagiere mit kräftigen und durchdringenden Schreien. Der junge Mann umwickelte das Kind notdürftig mit seiner Jacke und legte es Rosa in die Arme. Von Rosas Gesicht wich die Verkrampfung, ihre Augen glänzten und sie wurde von einem unermesslichen Glück durchflutet. Erst jetzt bekamen die anderen Fahrgäste mit, dass ein neuer Mensch die Erde betreten hatte. Sie lachten, grölten, jauchzten und hießen so das Kind willkommen. Der Busfahrer hielt an keiner Haltestelle mehr, benachrichtigte das Krankenhaus per Funk und fuhr den kürzesten Weg dorthin. Rosa und das Kind, es war ein Mädchen, wurden dort versorgt. Die junge Mutter hatte alle Schmerzen vergessen, der Schrecken über die ungewöhnliche Geburt war verflogen.

Sie war nur noch freudig bewegt, ihr Kind lebte. Sie schaute unentwegt auf das kleine Wunder und achtete nicht auf die sie umgebende Situation. Der Bus erreichte das Krankenhaus. Der junge Mann stieg aus, entfernte sich und konnte trotz aller Bemühungen in der Folgezeit nicht ausfindig gemacht werden. Friedrich kam wenig später auf die Entbindungsstation, aufgewühlt, sprachlos, entnervt, doch voller Freude. Die Eltern gaben dem Mädchen den Namen Stephanie. Rosa bewahrte geheim in ihrem Herzen, dass der junge Mann ein Engel gewesen sei, der ihr beigestanden und sie und Stephanie beschützt habe.

Rosa erblühte nach der Entbindung und wurde eine liebevolle Mutter. Stephanie warf sich mit allen Sinnen in das geschenkte Leben. Sie reagierte zunächst mit Reflexen, nach einigen Monaten nahm sie ihre Umwelt wahr, erkannte Menschen, ahmte Laute nach, begann, gezielt Bewegungen zu vollführen, entwickelte vielfältige Emotionen und erlernte im ersten Jahr zu stehen, dann zu gehen und einige Worte zu gebrauchen. Mit Erstaunen und Bewunderung nahmen ihre Eltern wahr, wie sich bei ihr Wahrnehmung, Gedächtnis und Denken fortlaufend entwickelten und sich darauf neue geistige und körperliche Funktionen und Leistungen entfalteten. Die Schule machte ihr Spaß, sie gebrauchte immer öfter das Wort Ich und versuchte, ihren Willen durchzusetzen. Friedrich verselbständigte sich als Architekt. Und so lief das Leben das Leben für die Kleinfamilie leicht und friedlich ab. Die gebratenen Tauben flogen ihnen nicht ins Maul, sie waren mit dem zufrieden, was sie sich erarbeiten konnten. Der Fluch des Geldes nahm sie nicht gefangen. Die erste elterliche Bewährungsprobe kam. Mit fünfzehn Jahren erklärte Steffi ihren überraschten Eltern, sie wolle ein Junge sein. Die erste Reaktion der Eltern war abweisend.

„Was ist in Dir gefahren? Du bist ein Mädchen und bald eine junge Frau. Wer hat Dir solchen Unsinn beigebracht?"

„In der Schule hat man behauptet, dass zwei Parteien Gesetze vorgelegt hätten, dass Kinder auch gegen den Willen der Eltern sich für einen hormonellen oder einen operativen Geschlechtswechsel sich entscheiden dürfen. Das biologische Geschlecht sei ein soziales Konstrukt der Herrschenden, um Eigeninteressen besser durchsetzen zu können."
„Und warum willst Du ein Junge sein?"
„Mama, Du verwirklichst Dich nicht selbst. Du kochst das Essen, machst sauber, bewirtest Gäste, versorgst uns und erfüllt uns unsere Wünsche. Und wo bist Du? Du bist eingesperrt im Haus. Wann verlässt Du überhaupt das Haus? Hast Du eigentlich Freunde oder sind es nur die Freunde von Papa? So möchte ich nicht leben. Ich will ein Mann sein, frei sein, nicht in eine Schablone gedrängt werden, mich nicht Regeln unterwerfen."
„Und der Sinn Deines Wunsches? Willst Du Dich entkörpern? Du besuchst die Oberschule, stehen Dir nicht alle Türen offen?"
„Mama, Du verstehst mich nicht."

Sie drehte sich um und verließ die verdutzte Mutter. Als Friedrich von der Arbeit nach Hause kam, bat Rosa ihn: „Fritz, sprich Du mit Stephanie. Sie hat ein kritisches Alter erreicht, sie will männlich sein. Mein Gott, wohin steuert sie. Du kannst besser erklären als ich, was der Sinn des Lebens ist!"
„Ich will es versuchen. Aber es muss die richtige Gelegenheit sein."
Die Familie saß im Garten. Stephanie las in einer Zeitschrift. Sie fragte: „Papa, was ist eigentlich Liebe?"
Die Frage machte Friedrich verlegen.
„Deine Frage überrascht mich. Ich muss mich sammeln. Liebe ist schwer zu verstehen. Es ist eine Kunst zu lieben, man muss sie erlernen. Der Mensch lebt zunächst trotz aller Freundschaften abgesondert für sich allein. Dann plötzlich erfährt er Vertrautheit, zukünftige Hoffnung und Erwartung bei seinem Gegengeschlecht. Man muss sich bewusst machen, dass Mann und Frau unterschiedlich sind. Ursprünglich waren sie eins. Sie wurden von Gott

geteilt und seitdem sucht jeder Mann die verlorene weibliche Hälfte und jede Frau die verlorene männliche Hälfte. In der Vereinigung werden sie wieder als Eines geboren und zeugen neues Leben. Diese Vereinigung wird als orgiastisch erlebt. Sie erfasst Körper und Geist und muss mehr oder minder wiederholt werden. Es ist die fundamentalste Leidenschaft, die Mann und Frau kennen. Man nennt es Liebe. Und doch ist Liebe mehr. Liebe ist Geben. Im Akt des Schenkens erlebe ich meine Stärke, meinen Reichtum, meine Macht. Sie erfüllt mich mit Freude und Überschwang. Das Geben hat geistige Wurzeln. Man gibt, was mich auszeichnet, etwas von mir selbst, was lebendig ist von meinem Verständnis, von meinem Wissen, von meinem Humor, von meinen Gefühlen. Und der Partner antwortet auf gleiche Art und Weise. Und so erzeugt Liebe Liebe oder vollkommene Ergänzung. Diese Fähigkeiten sind abhängig von der Reife des Menschen, also von seiner Fähigkeit zur Offenheit, Fürsorge, Verantwortung, Akzeptanz des

Partners und weitgehend abhängig von der Existenz einer Nachkommenschaft, die beansprucht und fordert, eigene Wünsche hat und keine Rücksicht auf die Eltern nimmt. Das ist der Humus, der reifen lässt. Man lernt, sich zu vergessen, für die Kinder da zu sein und die Zukunft zu bedenken. Der Partner bleibt dennoch ein unergründliches Geheimnis. Im Verhältnis zueinander darf nicht gefordert werden, den anderen zu verpflichten, was wir wollen, das zu fühlen, was wir fühlen, das zu denken, was wir denken.
Der Unterschied zu Transsexuellen, Schwulen und Lesben besteht darin, dass ihre Partnerschaft nicht die Fähigkeit hat, dem Fortleben des Menschen zu dienen. Es besteht für sie auch keine Notwendigkeit, mit den Kindern zu reifen. Ihre Partnerschaft beruht im wesentlichen auf den Genuss, auf den Spaß, auf die Befriedigung sexueller Lust. Es sind Freigeister der Lust, die kein individuelles Opfer verlangen, Lebenszwänge ablehnen und sich mit dem Gegebenen nicht arrangieren können.

Sie leiden unter ihrem Geschlecht, sind davon unbewusst gekränkt und jubeln sich gegen ihre Natur etwas vor.
Man bezeichnet ihre Bevorzugung als abweichendes Sexualverhalten von der Norm, es wird von der Mehrheit der Deutschen akzeptiert, weil es nicht der Übernahme gesellschaftlicher Verhaltensweisen entgegen steht."
Friedrich lehnte sich zurück und blickte gespannt zu Stephanie. Er wollte die Wirkung seines Vortrags an ihrem Gesicht ablesen. Stephanie stand auf, schnitt ein Gesicht und murmelte: „Du gehst mir mit Deinem Glauben auf die Nerven."
Und dann laut: „Ich muss Schularbeiten machen." Und verließ die Eltern.
Rosa bemerkte nach einer Weile: „Fritz, das war ein Schlag ins Wasser."
Er schwieg über längere Zeit und schlug dann vor: „Wir müssen uns beraten lassen. Sie befindet sich in einer kritischen Entwicklungskrise. In der Beratungsstelle sitzen kompetente Leute, vielleicht können sie uns helfen."
Einige Tage später saßen sie einem

Psychologen gegenüber. Er folgte aufmerksam ihrem Problem, unterbrach sie nicht und hörte ihnen konzentriert zu. Dann holte er weit aus: „Was Ihre Tochter sagt ist richtig. Zwei Parteien haben ein Papier für das Selbstbestimmungsrecht vorgelegt. Es muss vom Gesetzgeber noch verabschiedet werden. Danach solle jeder mit vollendetem vierzehnten Lebensjahr selbst entscheiden können, ob er rechtlich als Mann oder Frau gelten wolle, wobei die Eltern kein Mitspracherecht hätten. Es reiche eine schriftliche Erklärung beim Standesamt. Es stütze sich dabei auf ein Papier von Iglyo. In dieser Schrift werde weiter behauptet, auch Männer könnten Kinder kriegen. Die Iglyo-Kampagne gibt allerdings offen zu, die Öffentlichkeit über ihre Ziele zu täuschen. Die Gesetzesentwürfe der genannten Parteien kommen dem nahe. Sie sehen Sanktionen bis 2500 Euro vor, wenn das frühere Geschlecht einer Person genannt werde." Der Psychologe betonte, dass auch die körperliche Verstümmelung durch Operationen und lebenslange

Behandlung mit Hormonen nichts an den angeborenen Chromosomen ändere. Hinter der Iglyo-Kampagne stünden weltanschauliche und wirtschaftliche Interessen. So werde behauptet, dass die freie Wahl des Geschlechts die Überwindung des Fleisches sei. Menschen, die weder als männlich oder als weiblich bezeichnet werden möchten oder eine Geschlechtsumwandlung anstrebten, seien Pioniere des Fortschritts, also der Aufwärtsentwicklung des Menschen von „transgender" zu „transhuman" Ich kann Ihnen versichern, dass es nicht um die Überwindung des sterblichen Leibes gibt. Hinter dem Wunsch nach Geschlechtswechsel verbirgt sich das Unbehagen an sozialen Rollen und die Flucht vor dem eigenen Sosein. Und das hat mit Erfahrungen aus der eigenen Lebensgeschichte zu tun. Die Ablehnung des biologischen Geschlechts ist häufig verbunden mit der Amputation von Brust und Penis, dem Verlust der Fortpflanzungsfähigkeit, der Verminderung des sexuellen Erlebens und

einer lebenslangen Hormoneinnahme. Ich rate Ihnen, haben Sie Geduld mit Ihrer Tochter. Sie kennt die Tragweite einer solchen Entscheidung nicht. Meistens ist es nur Ausdruck einer vorübergehenden Pubertätskrise. Mehr als abwarten kann ich Ihnen nicht empfehlen."
Die Eltern hielten sich an diese Empfehlung und mieden das Konfliktthema über zwei Jahre. Als Stephanie eines Tages vom Friseur kam, sprach Friedrich sie an:
„Stephanie, die Menschen werden erst durch Not aufsässig gemacht. Worunter leidest du? Du lässt Dir Deine Haare schneiden wie ein Junge, Du kleidest Dich wie ein Junge, Du benimmst Dich wie ein Junge. Hängt Dein Herz noch immer an der Idee, es wäre besser, ein Mann zu sein?"
„Ja Papa, und ich weiß, dass ich Euch damit kränke."
„Kränken ist nicht das richtige Wort. Ich fühle mich dafür verantwortlich und mache mir Vorwürfe. Deine Mutter und ich haben Dich mit Sehnsucht und Freude erwartet. Wir wollten weitere

Kinder. Vergeblich. Ich habe Dich geliebt und liebe Dich noch heute. Und dennoch durftest Du nie ein Mädchen sein. Ich wünschte mir einen Jungen. Deshalb erzog ich Dich wie einen Buben. Keine Kleider, kein Röckchen, keine Puppen, keine Tränen. Wohl aber viel Sport, Kraft, Abenteuer und Risiko. Händedruck, Gefühle, Streicheln, Kuss und Vereinigung bilden eine Treppe, auf der der Körper schrittweise hinauf zur Seele steigt, die Seele aber hinab zum Leibe sinkt. So bildet sich der Geschlechtsleib und das Geschlechtsverlangen, mündet in eine umtriebige Kraft, die erotisches Wollen und Einverständnis auszuschöpfen vermag. Liebe will Leib werden, Leibwerdung bedeutet Menschwerdung und Anerkennung des Gegebenen. Ich habe bei Dir dagegen verstoßen. Ich habe Dich in einer männlichen Rolle gefangen gehalten und damit die Ursache verschuldet, dass Du Dich in Deinem Soein nicht annehmen kannst. So stehst Du in einem Dauerkonflikt mit Deinem Geschlechtsleben, in einem

Konflikt, bei dem sich widersprüchliche Daseinsentwürfe bekriegen. Du verkleidest Dich allen Menschen gegenüber in eine Maskerade, die dich augenfällig in Hemmungen, Fixierungen und Abspaltungen treibt. Du bist nicht autonom und erlebst Dich selbst als dunkel, unbekannt und geheim. Du fragst Dich selbst, wer bin ich und warum bin ich unfähig, das Selbstverständlichste des Daseins zu meistern. Wie alle Geschlechtsverleugner fliehst Du vor Dir selbst und verdrängst Duft, Fülle und Melodie des Weiblichen. Nimm Dich an, wie Du bist. Du leidest an Dir, wie andere an Hunger und Durst und weist das naturgegebene Privileg einer Frau zurück. Eine Frau empfängt, spürt das Wachsen des Kindes, lebt in Symbiose mit ihm, bringt es zur Welt, stillt es und lebt über Jahre nur für das Kind. Diese Entwicklung verändert das Mädchen und formt es zur reifen Frau. Eine Mutter versteht das Leben aus anderer Sicht als der Mann. Sie ist innerlich gefestigter, den Kinderschuhen entwachsen,

toleranter und würde niemals Menschen für eine Idee opfern. Das ist der Grund, warum Männer versuchen, Frauen zu beschränken. Wie auch immer – Mama und ich, wir lieben Dich."
Steffi sah ihn mit großen Augen an.
„So hast Du noch nie mit mir gesprochen. Es ist klug, doch überfordert es mich."
„Ich glaube Dir. Alle Lebenskonflikte werden im Sein gelebt und gelitten, bevor man ihre Hintergründe und ihre Wesenheit und damit den eigenen und den fremden Anteil versteht."

4

Opa Merz verstarb unvorhergesehen mit vierundsechzig Jahren. Seine Frau, Friederike, trauerte und hielt ihren Schmerz nicht zurück. Sie weinte viel, schlief schlecht, aß wenig und wollte allein sein. Sie stellte eine Kerze ins Fenster, schaute nachts stundenlang ins Dunkel und hielt Zwiesprache mit dem Verstorbenen.
„Oskar, mein Oskar, warum hast Du

mich verlassen. Wir waren uns zugeneigt, waren Freunde und charakterlich Verwandte, Gefährten in schwierigen Zeiten, Liebende, zwei Wesen und doch eins. Wir hatten uns geeint über Speise und Trank, über Ideen, über die Welt, über unsere Mitmenschen, über Gott und die Erziehung unserer Kinder. Wir teilten unsere Sorgen und Erfolge, entschieden gemeinsam, trugen Konflikte aus. Ich habe dich im Bett gewärmt und jetzt sind wir getrennt. Du liegst in der Kälte unter der Erde und ich will es nicht wahr haben. Der Mond schleicht auf seiner Bahn, langsam und träge. Er ist so einsam und verloren wie ich. Wo finde ich Trost? Manche schnattern, so ist das Leben. Ist das Leben so?"

Wenn sie nachts vor dem Fenster saß, stand Oskar plötzlich vor ihr. Es war seine Figur, sein Gesicht, seine Augen. Er umarmte sie und sie meinte, seinen Atem zu spüren. Sie fragte ihn, wo er gewesen sei und warum er mit ihr nicht spreche. Er betrachtete sie traurig und schwieg. Sie erschrak bis ins Innerste und erkannte

beim näheren Hinsehen, dass er bleich war und seine Augen leer. Sie wendete sich ab und vernahm eine hohle Stimme: „Lebe wohl, Friederike, lebe wohl. Ich verlassen Dich auf immer."
Sie wurde von Schaudern geschüttelt, flüchtete ins Bett und zog die Decke über sich. In der darauffolgenden Nacht brannten die Gardinen ihres Schlafgemachs. Nachbarn konnten das Feuer löschen. Der Schaden war gering. Rosa mutmaßte einen Suizidversuch ihrer Schwiegermutter und entschied, sie bei sich aufzunehmen. Friederike lehnte den Umzug ab, war aber bereit, zwei oder drei Wochen in das Haus ihres Sohnes zu ziehen. Am ersten Abend erschien sie im Schlafzimmer des Ehepaares. Sie finde keine Ruhe. Sie zog ihre Tochter aus dem Bett und begründete ihr Tun damit, sie könne allein nicht schlafen und werde in den nächsten Tagen bei ihrem Schwiegersohn nächtigen. Nach einer kurzen Auseinandersetzung gab Rosa nach. Die Kalamitäten mit Friederike häuften sich allerdings. Die Tischordnung

sei nicht richtig, Stephanie ziehe sich nicht züchtig an, sie verbot ihrem Sohn das Biertrinken, bestimmte, was man sich im Fernsehen anschaue, sie kündigte der Putzfrau, bestellte eine neue Tageszeitung, kaufte ein silbernes Essbesteck. Fritz nahm alles gelassen hin, Rosa stritt sich fast ununterbrochen mit der Schwiegermutter. Nach einer Woche brachte Friederike einen Schafsbock nach Hause. Es war ein prächtiges Tier mit ausladenden Hörnern, klugen Augen und stattlicher Statur. Sie begründete den Kauf damit, dass in jeden Haushalt ein Tier gehöre, darüber hinaus habe der Vorbesitzer das Schaf als Fleischlieferant angepriesen. Der Garten sei groß genug, um dem Schaf Auslauf zu bieten, überdies erspare er der Familie das Rasenmähen, ganz davon zu schweigen, dass man mit Anton, so nannte sie ihn im Gedenken an ihren verstorbenen Mann, Geld verdienen könne. Er eigne sich nämlich angesichts seiner Kraft vorzüglich für die Nachzucht. Rosa ließ sich nicht überzeugen. Sie forderte, dass Anton sofort das Anwesen verlassen solle

oder aber die Schwiegermutter müsse mit dem Schafbock das Haus verlassen. Friederike kommentierte beleidigt:
„Du wirfst mich also aus der Wohnung meines Sohnes. Nun gut, dann gehe ich!"
Sie packte ihr Hab und Gut und verließ ohne Gruß mit Bock die Unterkunft.
Als Fritz nach der Arbeit nach Hause kam, erkundigte er sich nach seiner Mutter und ob Neues vorgefallen sei. Friederike schilderte ihm die Auseinandersetzung. Er merkte nur an:
„So,so, das wird sich alles von ganz allein regeln."
Rosa fand sich mit dem Vorfall nicht ab. Sie machte sich innerlich Vorwürfe. Hatte sie den Vorgang nicht überspitzt gesehen, war sie nicht zu barsch gewesen, hatte sie ihre Kontenance verloren? Nach vierzehn Tagen schlug sie ihrem Mann vor, man müsse sich doch um die Mama kümmern. Irgendwie sei man dazu doch verpflichtet.
„Wir gehen sie am Sonntag besuchen, ich backe für sie auch einen Kuchen." Fritz willigte ein. Das Ehepaar Merz machte sich nachmittags auf den Weg, klingelten

an der Wohnungstür von Friederike und wartete. Nach längerer Zeit öffnete eine fremde Frau die Tür. Rosa erschrak.
„Wir wollten zu unserer Mutter, ist etwas passiert?"
Die Fremde prustete los:
„Ich bin Eure Mutter. Erkennt Ihr mich nicht?"
Rosa glotzte sie an, als ob ein Gespenst vor ihr stehe.
„Mama, wie siehst Du aus?"
Vor ihr stand eine Dame mit gefärbtem Haar und Dauerwelle, mit nachgezogenen Augenbrauen, aufdringlich roten Lippen und mit Botox aufgefrischten Falten. Sie trug ein sehr kurzes Kleid mit ausgeschnittenen Dekolletee und hohe Stöckelschuhe.„Wie soll ich aussehen? Aber kommt erst mal rein!"
Während das Paar ihre Wohnung betrat, ging sie auf die gestellte Frage ein:„Ja, wie soll ich aussehen? Wie ich mich schön gemacht habe? So jung, wie ich mich fühle. Ich habe mich von meiner Vergangenheit befreit und zu mir selbst gefunden."
Rosa inspizierte den Wohnraum.

Alles war verändert. Die Wände hatten eine neue Tapete, die Fenster zierten neue Gardinen und in der Mitte der Wohnung stand ein neuer Tisch mit Stühlen, seitlich davon eine neue Couch mit Sesseln. Wo nur ein Platz war, waren frische Blumen in Vasen platziert. Friederike ließ sich in ihrem Redefluss nicht bremsen.
„Nun setzt Euch doch. Ja, wie geht es mir? Nachdem Ihr mich aus Eurem Haus rausgeworfen hattet, trottete ich mit Anton durch unsere Stadt. Es regnete leicht. Einige Leute lachten, andere machten schäbige Bemerkungen. Ich klingelte bei einigen Häusern und bot den Leuten für wenig Geld und später Anton umsonst als Geschenk an.
Keiner wollte das schöne Tier und einige meinten, er stinke. Nur ein junges Mädchen war neugierig. Sie fragte, welchen Namen das Schaf habe, ob sie es streicheln dürfe, ob es männlich oder weiblich sei und ob ich zu Alex wolle. Das sei zwar ein komischer Kauz, aber sehr lieb zu allen Tieren. Ich log. Ich wolle zu ihm, hätte mich verlaufen und fände

mich nicht mehr zurecht. Sie wies mir den Weg, erläuterte ausführlich das Haus von Alex und streichelte dabei Anton. Nach einer halben Stunde stand ich vor dem beschrieben Gebäude. Es war sehr groß. Der Eingang hatte zwei Säulen, rechts und links hingen zwei Plakate mit nackten Mädchen und daneben waren zwei Lampen angebracht, die rot leuchteten. Das Haus stand abseits der Straße und war von Bäumen und Wiesen umsäumt. Ein Holzzaun markierte die Grenze zum Nachbarn. Das Anwesen machte einen gepflegten Eindruck. Auf der Wiese grasten einige Schafe und Ziegen. Anton blökte, ich bekam Zweifel, ob das der richtige Ort für ihn sei. Im Nachdenken versunken, sprach mich ein Mann von hinten begeistert an:
„Sie haben einen wunderschönen Schafbock. Gehen Sie mit ihm spazieren? Es ist ein grau gehörnter Heidschnucke, wiegt bestimmt seine 85 Kilogramm. Wunderschön, wunderschön. Verkaufen Sie ihn mir?"
„Ich drehte mich um. Vor mir stand ein

sehr kleiner Mann, vielleicht ein Meter und sechzig groß. Er war dicklich, etwas verwachsen, hatte ein gutherziges Gesicht und sanftmütige Augen. Wir schauten uns an und ließen nicht voneinander. Ich hörte mich sagen:
„Ich schenke Ihnen den Bock."
Er reagierte überrascht und betroffen.
„Mir hat noch keiner etwas geschenkt. Ihnen ist nicht entgangen, dass ich ein Zwerg bin. Und das ist eine Katastrophe. Keiner glaubt, dass ich ein fühlendes Wesen bin. Worte wie Herr oder Person oder Persönlichkeit werden zu meiner Selbstbeschreibung nicht verwendet. Die Menschen betrachten mich, als ob ich ein Nichts, ein schwarzes Loch, ein Aussätziger bin, der nicht fühlt, sich nicht entwickelt, nicht reift. Ein Nichtmensch, ein Clown, eine Witzfigur. Tagtäglich widerfährt mir Unterdrückung und Unrecht. Ich blicke zu den Großen auf und sie schauen mich von oben überheblich an. Wie kann ich mich wehren? Ich befreie mich innerlich mit moralischen Sprüchen, doch das ist nicht das Leben. Ich räche mich. Ich betreibe

dieses Freudenhaus, vergifte damit die treue Liebe und mache sie zugleich schmackhaft, locke den Ehemann oder die Ehefrau mit ihren verschwiegenen Wünschen und deren Erfüllung. Ich säe Eifersucht und Rivalität, zerstöre Glück und Vertrauen. Täglich werde ich herabgesetzt und gedemütigt und demütige meine Kunden. Sie merken es nur nicht. Nun sind Sie da und schenken mir einen Schafbock, mir, den Ausgestoßenen. Und dann stieß er Freudenschreie aus und umarmte mich lange, sehr lange. Nun ja, ich musste mich bücken. Gleichwohl fühlte ich mich kleiner als er. Als er mich frei gab, sah ich, dass seine Augen feucht waren. Es war nur einen Augenblick, da wusste ich, dass ich ihn liebe."
Ich erkundigte mich, ob er etwas von der Schafzucht verstehe.
„O ja, das will ich meinen. Schon als Knabe habe ich mich damit befasst."
Ich ermunterte ihn:
„Aber dann lass es doch dabei. Sie haben bereits eine kleine Herde, Sie haben das Geld, sie weiter zu mehren und die Erträge

fruchtbringend zu verwerten. Und was am wichtigsten ist, Sie haben Kenntnisse und Erfahrungen auf diesem Gebiet. Es wäre ein Jammer, würden Sie diese Vorteile aus der Hand geben."

„Ich habe öfter an Schafzucht gedacht, aber diesen Gedanken verworfen. Es ist wahrscheinlich, dass man mit Schafen größere Geschäfte machen könnte. Jedoch steht die Wolle im Augenblick niedrig im Preise, Schafmilch ist fast wertlos. Hammel und Lämmer bringen im Verkauf nur wenig. Gewiss, jetzt, wo Türken hier siedeln, haben sich die Geschäftsbedingungen geändert. Aber die Möglichkeit, größere Gewinne daraus zu schöpfen, halte ich für sehr spekulativ. Da bringt das Hotel mehr."

Ich gab nach und erzählte aus meinem Leben, was Ihr auch nicht kennt.

Meine Eltern waren arme Leute. Da kam ein Jahr, die Sonne brannte und es fiel kein Regen. Die Ernte missriet und es breitete sich eine furchtbare Hungersnot aus. Da erschien ein fremder Händler in unser Dorf und er sah mich. Ich war noch klein und er bot meinen Eltern viel Geld an, wenn sie mich ihm überließen. Meine Mutter weinte und mein Vater weigerte sich, mich zu verkaufen. Der Fremde schalt ihn und fragte, ob er mit ansehen wolle, dass ich verhungere. Er werde mich zu seiner Tochter machen, mich nähren und kleiden und später standesgemäß verheiraten. Da willigten meine Eltern ein, ich aber verzweifelte an Gottes Barmherzigkeit. Ich hatte es in der Familie des Händlers gut. Er hatte keine Kinder. Er verheiratete mich wie versprochen an Wilhelm Merz, es war eine vortreffliche Partie, aber ich liebte Wilhelm nicht. Das Glück muss man erhaschen wie einen Schmetterling. Wilhelm bereitete mir ein Nest, in dem ich mich wohlfühlte und mit den Jahren unsere Ehe ihn sogar lieben lernte. Und nun habe ich Dich gefunden, den Zwerg, und bin sogar glücklich.

„Aber Mama, Du führst Dich als Geschäftsfrau auf und Papa ist erst vor einem halben Jahr verstorben! Hast Du Dich bedacht?"

„Das ist richtig. Aber ich lebe und ich will leben. Und ich will Alexander meine Liebe schenken. Denn auch er soll leben. Verrät nicht jede Witwe ihren früheren Mann, wenn sie sich neu orientiert?"

„Und warum hast Du Dich so ausstaffiert? Du siehst aus wie ein billiges Straßenmädchen!"

„Ach, ich staffiere mich so aus, wie ich mich fühle. Ist das ein Unrecht? Ich glaube, dass Ihr mich nicht versteht. Als er mich umarmte, betrachtete ich ihn zunächst als guten Freund, der seinen Gefühlen freien Lauf lässt. Mir kam nicht der Gedanke, dass in seinem kleinen Körper die gleichen seelischen Bedürfnisse wohnen wie bei anderen Männern. Als er mich später begehrlich küsste, begann ich zu verstehen, dass gerade die Verkümmerten und die Zurückgestoßenen mit einer Libido ausgestattet sind, die sie gierig schmachten lassen, sich zu vereinigen. Sie lieben mit einer Leidenschaft, die den Drang von Gesunden weit übertrifft. Es ist eine Liebe, die aus der Verzweiflung wächst und maßlos und grenzenlos ist.

Sie ist gepaart mit Ichbezogenheit, die in ihrer Totalität einen allumfassenden Anspruch auf den Partner umfasst. Im Vorgefühl des Kommenden begriff ich mit Erschrecken, in welches Netz ich mich begeben würde, gäbe ich ihm nach. Doch ich hatte nicht die Kraft, mich seiner suggestiven Ausstrahlung zu entziehen. Ich war zu schwach. Ich überlegte. Was, wenn er sich unvorhergesehen abwehrend verhält? Mich nur für kurze Zeit ausnutzt? Darf er meinen Stolz und meine Scham verletzen, nur weil ich ihm meine Schwäche verraten habe?
Gleichzeitig fühlte ich, dass er mich fordert, nach mir verlangt, meinen Leib, meine Gefühle, Gedanken und Träume besitzen will. Ich spürte, ich bin ihm verhaftet, verpflichtet und an ihn gebunden. War es mein schlechtes Gewissen, dass ich zuvor achtlos das Leid der Behinderten und Gestörten nicht wahrgenommen hatte? Und doch war es nur ein Kuss, der dieses heillose Durcheinander in mir ausgelöst hatte. Ich war die Erfüllung seiner lebenslangen Sehnsucht. Er litt unter

diesem nie erreichten Verlangen seines Körpers und hoffte auf Befriedigung und ich litt unter seinem Leiden. Es ist vielleicht eine unsinnige und weltfremde Liebe. Ich bin hin- und hergerissen und ich bin mir unsicher, ob sie halten wird."
Fritz unterbrach das Gespräch zwischen Mutter und Tochter.
„Wie heißt der Mann und was macht er?"
„Er heißt Alexander Stern und betreibt ein Stundenhotel. Er hat mich als Seelenberaterin engagiert. Viele Männer, insbesondere alte Männer, auch einige Frauen, suchen uns auf, um Hilfe und Trost zu finden. Ich höre sie an, sie sprechen sich aus, geben mir Geld und verlassen mich befreit. Es gibt keinen Körperkontakt."
„Und das befriedigt Dich?"
„Ja, es ist etwas Sinnvolles. Alex und ich werden auch bald heiraten. Es wird eine bezaubernde Hochzeit werden."
Sie bot ihnen Kaffee und Kuchen an, sie lehnten ab und verabschiedeten sich konsterniert. Was war nur in die Oma gefahren? Nach einigen Tagen erhielten

sie die Einladung zur Hochzeitsfeier. Die Karte war schlicht und einfach abgefasst: „Wir heiraten und laden Euch zu unserem Fest am Donnerstag, den 16.06. 2015, ganz herzlich ein. Beginn: 20 Uhr."
Fritz und Rosa besprachen, was sie den Brautleuten schenken könnten. Rosa schlug praktische Dinge vor, Fritz dachte an etwas Sinngebendes. Ihm fiel schließlich ein Geschenk ein. Auf dem Hausboden verstaubte ein Bild, das Freunde als Obszönität ihm zu seiner Hochzeit überreicht hatten. Es stellte eine Stute dar, die gerade von einem Hengst bestiegen wurde. Mit seinem Vorschlag erntete er zunächst den empörten Protest von Rosa, er stelltc sich stur. Sie gab unter einer Bedingung nach, sie blickte ihn dabei vielsagend an: „Du überreichst das Geschenk und begründest es humorvoll. Und kein Wort von mir!"
Das Fest begann am Spätabend im Festsaal des Hauses von Alex. Friedrich schätzte, dass etwa achtzig Gäste geladen waren. Nach dem opulenten Mahl wurden den frisch Getrauten Geschenke überreicht.

Friedrich überreichte ihnen das Bild und hielt eine kleine Rede:
„Liebes Brautpaar, das Alter ist so lang, dass man mit dieser Gymnastik(er zeigte auf das Bild) nicht so früh beginnen sollte, aber auch nicht erst als Greis."
Er enthüllte das Bild – allgemeines Gelächter. Er fuhr in seiner Rede fort:
„ Es ist nicht der einzige Liebhaber, sie hat drei, zwei stehen im Hintergrund und warten auf die Gelegenheit. Alex, nimmst Du das so einfach hin?"
Seine Replik: „Was soll ich machen, sie sind in der Mehrzahl!"
„Friederike, was hast Du noch gemeinsam mit Deinem Mann?"
Sie überlegte kurz und sagte:
„Natürlich, den Hochzeitstag."
„Und nun wollen wir überprüfen, ob Ihr dieselbe geistige Einstellung habt. Ihr geht in die Kirche. Was müsst Ihr tun, damit Euch Eure Sünden vergeben werden können?"
Das Brautpaar steckte die Köpfe zusammen und antwortete mit einer Stimme:
„Erst einmal sündigen. Vielleicht noch in

dieser Nacht."

„Das Ehepaar hat einen Konflikt. Friederike schreit ihn an: Alex, immer willst Du Recht haben. Alex, was antwortest Du?"

„Welch ein Glück, sonst hätten wir ja beide Unrecht!" Gelächter.

„Wenn eine Frau ihren Mann verlässt, hat sie von ihm entweder genug oder nicht genug. Friederike, wie begründest Du in diesem oder jenem Falle Deine Entscheidung?"

„Ich gehe trotzdem zum Friseur."

„Und nun verrate ich euch auch ein Geheimnis. Friederike kann zaubern. Sie kann bewirken, dass ihre Fehler immer die von Alex sind. Und Alex liebt sie deshalb. Er anerkennt ihre Künste. Denn die Liebe hat ihre eigene Sprache. Gebt dem Bild einen würdigen Platz!"

Die Gäste klatschten und zeigten sich amüsiert. In diesem Augenblick ertönten laut und durchdringend Bach-Trompeten. Zwei Mädchen in Engelskleidern führten den Hirten in den Saal, der Alex und Rosa verkuppelt hatte. Es war der Schafbock Anton. Er sah sich erstaunt um, schritt

majestätisch und würdevoll auf Braut und Bräutigam zu, blickte erhobenen Hauptes und herablassend auf die Gäste und blieb vor den Brautleuten stehen. Rosa reichte Anton ein Stück Kuchen, das er verschlang und als Dank und Glückwunsch seinen Schwanz anhob und glänzende, schwarze Kügelchen vor den frisch Vermählten fallen ließ. Die Frauen kreischten, die Männer schmunzelten und Anton verließ selbstbewusst unter Beifall der Anwesenden den Festsaal.
Eine Dame setzte sich neben Friedrich und redete bissig auf ihn ein.
„Nicht wahr, Sie sind der Schwiegersohn der Braut. Welches großartiges Fest hat sie arrangiert, sie ist ja nicht mehr die Jüngste und bei dieser Beleuchtung sieht man ihre Falten nicht. Und wer alles gekommen ist. Sehen Sie den Herrn im Frack, es ist Herr B., ein berühmter Kunstmaler unserer Stadt. Und neben ihm sitzt seine Frau. Ist sie nicht entzückend?
Sehen Sie, wie ihre Wangen glühen und ihre Augen die Gestalten der Männer verschlingen. Er schmückt sich mit ihr. Sie

müssen wissen, er ist schwul. Einmal in der Woche gibt sie dem Hause hier die Ehre und lebt sich aus. Natürlich weiß er es. Sie holt sich hier ein flüchtiges und vergängliches Glück von kurzer Dauer. Und er bedenkt nie, wie schwierig es ist, eine Frau zu sein."
„Oh, ist das so schwierig?"
„Sicher, unsere Gewissensbisse hindern uns nicht, Sünden zu begehen. Aber sie hindern uns, die Sünden zu genießen. Man überschreitet dauernd Grenzen und leidet darunter."
„Ich kann nicht glauben, dass einige der Damen darunter leiden!"
„Es ist aber so. Das größte Übel auf dieser Welt ist nicht die Stärke des Bösen, sondern die Schwäche des Guten. Unter ihren Schwächen leiden die Menschen. Männer leben vom Vergessen, Frauen genießen die Erinnerung. Männer zählen ihre Liebschaften, Frauen erleben sie. Das Paar, das gerade an uns vorbei tanzt, ist ein Beispiel dafür. Er ist alt und kann nicht mehr. Sie ist fünfundzwanzig Jahre jünger und voller Lebenskraft. Sie haben

einen Vertrag abgeschlossen. Er begleitet sie in dieses Haus und achtet darauf, dass sie nur mit einem Freier das Zimmer teilt. Er ist ihr Sklave, aber er muss ihren Liebhaber noch bezahlen und lebt von der Hoffnung, dass ihre irdische Sinnennatur in Bälde verbrennt. Ist das nicht pervers? Aber es gibt auch andere Beispiele." Sie musterte die vorbeigleitenden Tanzpaare. „Da, die Dame mit dem roten, wirren Schopf steigt zwei- oder dreimal in der Woche in diesem gastliche Hotel ab. Sie arbeitet hier. Er ist Ingenieur.
Zu Beginn der Ehe tröstete er sich damit, dass seine Liebe im Laufe der Zeit ihr genüge. Er hatte sich getäuscht. Sie stieg jede Woche hier ab und er ertrug ihr Verhalten nicht. Er begann deshalb zu trinken und wurde Alkoholiker. Sie ertrug sein süchtiges Verhalten nicht und warf ihn aus der Wohnung. Er wurde stadtbekannter Penner ohne Bleibe. Sie nahm ihn aus Liebe und aus Mitleid nach einiger Zeit wieder bei sich auf, beide liebten sich einige Tage ekstatisch und beide schworen bei allen Heiligen, das er

das Trinken und sie das Fremdgehen in Zukunft unterlassen werden. Beide halten sich nicht an ihre Schwüre und so dreht sich das Rad seit Jahren."
Die Dame plapperte und plapperte und beendete ihre Ausführungen erst, als ein Herr sie zum Tanzen aufforderte. Sie raunte Friedrich zu:
„Ich vergesse Sie nicht, besuchen Sie mich doch einmal. Es kostet nichts. Ein altes Sprichwort sagt, dass die Welt betrogen sein will."
Das Ehepaar Merz verließ gegen zwei Uhr morgens beschwingt und freudig das Fest. Rosa meinte, es sei eine gelungene Feier gewesen, nicht sehr vornehm, oft anzüglich, aber offenherzig. Er hörte ihr zu und dachte an etwas anderes. „Es ist ein einfaches und ursprüngliches Fest gewesen. Ich habe in diesem Milieu etwas über die menschlichste Liebe erfahren. Vielleicht gibt Alex sein Geschäft auf. Er ist ein kleiner, kläglicher Mensch, der seine eigene Unvollkommenheit damit auslebt, der vergänglichen Liebe zu dienen. Wird er nach der Hochzeit die ewige Dauer der

wahren Liebe begreifen?"
Rosa fragte unvermittelt:
„Was ist eigentlich Glück? Ich habe meine Mutter beobachtet und hatte den Eindruck, dass sie wirklich glücklich ist."
Fritz überlegte und antwortete:
„Psychologen behaupten, Glück sei der seelische Zustand subjektiven Wohlbefindens. Die Philosophen sprechen davon, dass Glück die größte Freude sei, derer wir fähig sind. Noch andere erklären, dass der Mensch am glücklichsten sei, wenn er am wenigsten leide und am unglücklichsten, wenn er sich niemals freue. Aber es gibt noch andere Aspekte des Glücks. Zum Beispiel, dass jenen das Glück gehört, die sich selbst genügen. Oder aber, Glück sei abhängig vom Erfolg im täglichen Leben, bei dem der Mensch seine Fähigkeiten und Begabungen voll entfalten kann. Religiöse Menschen erfahren Glück, wenn sie die Ursachen der Dinge durchschauen und sie gewahr werden, dass in ihnen die gesamte Ordnung der Welt enthalten ist. Das Glück liege nicht in äußeren Dingen,

sondern im inneren Gleichgewicht. Ich selbst bin der Auffassung, wenn geheime Wünsche sich erfüllen, dann führen sie zum inneren Frieden, der Voraussetzung für Glück. Wie auch immer. Ich bin mit Dir glücklich und lebe im Seelenfrieden. Das war nicht immer so. Du bist eine lohende Schönheit, eine lebendige, duftende Blüte und sättigst mein gieriges, unersättliches Herz."
Sie lauschte ihm ergeben und hauchte: „Ach, Du Schmeichler!"
Sie schmiegte sich an ihn und fühlte sich glücklich.
Er küsste sie. Wie sie im Mondlicht vor ihm stand, fand er sie schöner als in den Tagen seiner Verliebtheit. Er schloss sie in seine Arme und drückte sie an sich. So hielten sie sich lange inbrünstig umfangen. Die Zeit stand für beide still.

5

Stephanie hatte sich frisch gemacht, sich gekämmt und sich parfümiert. Sie stand kurz vor dem Abitur. Sie sollte lernen,

vertrödelte aber ihre Zeit mit Ausgängen. Die Mutter mahnte oft:
„Steffi, Du kannst nach dem Abitur Dich noch genug vergnügen."
„Nein, das kann ich nicht. Jetzt ist die Zeit fürs Vergnügen."
An einem Samstag gegen zweiundzwanzig Uhr betrat sie das Wohnzimmer, in dem ihre Eltern sich einen Krimi anschauten.
„Mama, Papa, ich gehe noch ein wenig raus, wartet nicht auf mich."
„Wohin gehst Du?"
„Wir treffen uns im Fridolin, wir haben uns verabredet. Wir wollen ein bisschen tanzen und halt quatschen."
„Na gut, Du bist aber spätestens um ein Uhr zu Hause."
„Dann bis bald, tschüss!"
Steffi traf sich mit den verabredeten Freunden aus ihrer Klasse im Fridolin, einer Kneipe, in der vor allem Jugendliche verkehrten. Dort unterhielt man sich über die Lehrer, über Mode, über Filme und Schlager, über Berufsaussichten und über alles, was in diesem Alter wichtig ist. Man lachte, stritt sich, tanzte, trank Bier oder

Wasser, war guter Dinge und schwatzte pausenlos. Am Nachbartisch saßen Studenten. Andreas Hoch, Andre gerufen, war der Älteste von ihnen. Die Studenten schielten nach den Mädchen und wägten ab, wer von ihnen die Schönsten seien. Im Verlaufe des Abends forderten einige Studenten von ihnen ein Mädchen zum Tanze auf und bandelten mit ihr an. Andreas interessierte sich für Steffi. Sie war wie ein Junge frisiert und gekleidet und sehr schmalbrüstig. Er unterhielt sich mit seinem Freund Wolfgang über sie. Ihn nannte man unter seinesgleichen den Lacher. Worüber man sich auch unterhielt, ob Ernstes oder Lustiges, ob Politisches oder Fachliches, er schloss jeden seiner Beiträge mit einem meckernden Lacher ab. Er öffnete dabei seinen Mund, stieß dabei lachähnliche Laute aus und schaute seinen Gegenüber triumphierend an. Man hatte den Eindruck, dass er sich dabei selbst bestätigte, sich selbst als großartig erlebte oder dass er jedweden Widerspruch aus Unterlegenheitsgefühlen verhindern wollte. Andre insistierte:

„Also Wolfgang, was meinst Du, ist sie ein Mann oder eine Frau? Ich tippe auf männlich und Du?"
„Ich habe meine Zweifel, tendiere aber auch zu Mann." Er meckerte dabei belustigt. „Dann lass uns würfeln. Wer gewinnt, darf ihn verführen. Er ist noch jungfräulich, aber geil. Er weiß es selbst noch nicht. Man muss behutsam vorgehen." „Ich bin einverstanden. Wir spielen drei Runden. Wer die meisten Punkte hat, ist Sieger und muss ihn innerhalb von vier Wochen ins Bett kriegen. Schaffst Du es nicht, bin ich am Zuge." Er stimmte sein Gelächter an, es klang scheußlich.
Beide Studenten würfelten und hatten beim Spiel viel Spaß. Andreas gewann. So wurde Stephanie ein Lustobjekt und ahnte nichts davon. Andre setzte sich auf der Toilette noch einen Schuss, näherte sich Steffi und bat sie zum Tanze. Sie taxierte ihn und fand seine ausgewählte und modische Kleidung imponierend. Auf der Tanzfläche war sie neugierig.
„Was machst Du?" Er schwadronierte.

„Ich bin Master und promoviere.
Leider gibt mir mein Alter nicht genug Geld, ich muss mir meinen Maserati vom Munde absparen. Kürzlich war ich in Japan. Es ist eine ganz andere Kultur. Ich habe dort an einer Wallfahrt teilgenommen....."
Seine Art, von fremden Ländern und ihren Bewohnern zu erzählen, machten auf sie Eindruck. Als er sich wie nebenbei erkundigte, warum sie lange Hosen trage, erwiderte sie:
„Weil ich ein Junge bin, obwohl ich viel Weibliches an mir habe."
Er atmete befreit auf.
„Ich störe mich an den Frauen. Sie lachen, kichern und kreischen, sie glucksen und lügen und können nicht denken. Sie malen sich an, maskieren sich und parfümieren sich aufdringlich. Sie sind albern, böse und hinterhältig."
Steffi fragte erstaunt:
„Haben Sie so viel schlechte Erfahrungen bei den Frauen gesammelt?"
„Nein, eine hat genügt. Es war meine kalte, egoistische, jähzornige, triebhafte,

gefühlsarme und verantwortungslose Mutter."
Er lenkte vom Thema ab.
„Wie heißen Sie eigentlich?
„Stephan Merz. Und Sie?"
„Andreas Hoch."
Nach dem Tanz nahm er bei ihr Platz. Er unterhielt sie klug und überlegt, brachte sie mit seinem Maserati nach Hause, trat ihr nicht zu nahe und verabredete sich mit ihr in der Überzeugung, sie sei maskulin. Die häufigen Treffen von Steffi nervten ihre Mutter. Sie hielt ihr vor:
„Wann bist Du eigentlich noch zu Hause?"
„Ich habe einen Freund, der erwartet, dass ich für ihn da bin."
„Wer ist er?"
„Er heißt Andreas, wohnt im Studentenheim und studiert Philosophie und Volkswirtschaft."
„Wie alt ist er?"
„Ich muss raten. Vielleicht fünfundzwanzig oder siebenundzwanzig."
„Und ist mit dem Studium noch nicht fertig?"
„Doch, er ist Magister und schreibt an

seiner Promotion."
„Du solltest ihn uns vorstellen, wir wollen von ihm einen Eindruck gewinnen."
„Mama, das ist veraltet. Das war vielleicht vor fünfzig Jahren Brauch, heute aber nicht."
„Wir sind Deine Eltern und wollen wissen, mit wem Du umgehst. Ist daran etwas Verwerfliches?"
„Das nicht, aber es gibt ein Problem. Er ist schwul und glaubt, dass ich ein Junge bin."
„Wie kommt er auf diese Idee?"
„Du sagst ja selbst, dass ich wie ein Jüngling erscheine. Ich benehme mich so und habe ihm bestätigt, dass ich trotz meiner femininen Ausstrahlung männlich bin. Ich werde mich auch zu einem Mann transformieren lassen. Das steht fest."
„Ich dachte, Du hättest diese Idee über die Jahre fallen gelassen. Wie spricht er Dich an?"
„Ich habe ihm gesagt, dass ich Stephan heiße. Wenn ich bei ihm bin, bin ich glücklich. Wir verstehen uns gut. Er ist in

mich verliebt. Ich sei sein Wunschpartner, den er sich schon immer ausgemalt habe. Er ist rücksichtsvoll, großzügig und verständig, allerdings heterophob. Mädchen stoßen ihn ab. Wenn er mit Mädchen zusammen ist, spielt er sich auf, doch seine Augen spiegeln Unbehagen und Missfallen wider. Er heißt Andre. Wenn ich mit ihm plaudere, lächelt er mit den Augen und ich spüre, das mein Glück ihn glücklich macht."
„Gut, dann schlage ich vor, wenn ihr das nächste Mal ausgehen wollt, dann lasse Dich von ihm bei uns abholen."
„Er wartet draußen. Ich rufe ihn, ich ziehe mich nur um und ihr könnt ihn in dieser Zeit durchleuchten."
Stephanie lief zur Haustür, rief ihn, wechselte einige Worte mit ihm und bugsierte ihn in das Wohnzimmer. Er stellte sich formvollendet ihren Eltern vor.
„Mein Name ist Andreas Hoch. Ich kenne Stephan seit einiger Zeit, wir haben uns befreundet."
Vater Merz bat ihn, Platz zu nehmen.

„Was darf ich Ihnen anbieten?"
„Am besten Champagner. Das lockert mich auf."
Die Eltern von Steffi schauten sich erstaunt an, doch Vater Merz fing sich schnell.
„Der Rat der Stadt tagte gestern bei uns. Die Abgeordneten tranken viel und so ist uns der Champagner ausgegangen. Rosa, hole doch bitte den Chateau Lafite von Rothschild. Er ist vorzüglich gereift und wird Herrn Hoch munden. Darf ich wissen, welchem Studium Sie nachgehen?"
„Ich habe Soziologie und Volkswirtschaft studiert, zur Zeit arbeite ich an meiner Promotion. Mein Assistent ist leider sehr faul und kommt mit der Arbeit nicht voran. Dabei bezahle ich ihn fürstlich."
„Wofür bezahlen Sie ihn?"
„Er entwirft den Grundriss meiner Doktorarbeit."
„Wissen Sie überhaupt, worüber Sie promovieren?"
„Ich glaube über den sozialen Konflikt zwischen Bürgerrechten und Kapital."

„Haben Sie schon ein Berufsziel?"
„Das wird sich finden. Hegel hat behauptet, dass der Mensch bestimmt sei, Leistung zu erbringen. Ich halte nichts von dieser Theorie. Ich bin der Meinung, der Mensch ist erschaffen, um sich das Leben schön zu machen. Ich bin bekennender Hedonist. Mein Vater ist Haupteigentümer eines Konzerns. Ich werde ihm nachfolgen und vor allem das Leben genießen."
„Und wie?"
„Ich besuche ferne Länder, fahre teure Autos, liebe das Beste zu essen und zu trinken, vergnüge mich mit Partnern auf Parties und auf Yachten, spiele gern um Geld und ziehe mir gelegentlich eine Nase. Ich weiß, dass ich privilegiert bin und nehme diesen Status gerne an. Carpe diem. Alle meine Wünsche sind real, ich bin da, um mein Leben mit Genuss und Sinneslust auszufüllen."
Andre hatte seine Selbstdarstellung kaum beendet, da öffnete Steffi die Tür und hielt ihm vor:
„Du redest und redest und vergisst das Fest Deiner Burschenschaft."

Andre stand auf, verbeugte sich vor den Eltern und formulierte:
„Ich werde gerufen, es ist der Sirenengesang, den Homer beschrieben hat. Entschuldigen Sie mich bitte, ich muss den Klängen der Verführung folgen."
Er verabschiedete sich. Steffis Mutter meinte:
„Es ist ein wohlerzogener und netter Herr."
Friedrich hielt dagegen:
„Nein, er ist ein Hallotria. Er ist Gift für unsere Tochter. Sie träumt von einer romantischen Liebe, er sucht nur den Genuss und das Vergnügen. Er bewegt sich in einer anderen Welt. Das Elend ist ihm fremd, die Arbeit ist ihm unbekannt, Pflichten sind ihm unerträglich. Wir müssen ihr die Augen öffnen."
Das Pärchen schlenderte eng umschlungen durch die Straßen der Stadt, kehrten in verschiedenen Diskotheken ein, tanzten und tanzten, wild und verzückt. In einer Pause hauchte sie ihm ins Ohr:
„Ich hatte einen wunderbaren Traum. Ich sah einen Baum, er wuchs aus meinem

Herzen. Du standest vor ihm und hast ihn begossen. Da sprossen viele Blüten und am Baum hingen plötzlich viele Früchte. Mich ergriff reinste Wonne und ich fühlte, ich darf Dich lieben, ich finde bei Dir das Glück, des Feuers heiße Glut." Sie drückte sich an ihn und küsste ihn. Er aber begriff nicht, was sie sich auszudrücken schämte. Sie trank zu viel, er nahm sich zwei Nasen und schwebte in der Welt des Opiums. Nach Mitternacht torkelten sie durch die Straßen, er öffnete das Verbindungshaus, sie folgte ihm. Trunken und schwankend taumelten sie in sein Zimmer, legten die Kleidung ab und warfen sich aufs Bett. Sie hatte sich beim Einschlafen auf den Rücken gelegt. Der hereinbrechende Mondschein verlieh ihrem Haar einen hellen Schimmer. Er betrachtete sie kurz aus einer unbestimmten Mischung aus Bewunderung und Begehren. Die Wirkung des Opiums forderte aber seinen Tribut. Er schlief ein. Noch benommen vom Opium überfiel ihn mitten in der Nacht ein triebhaftes Verlangen. Er hatte

das unabweisbare Bedürfnis, mit Stephan geschlechtlich zu verkehren. Er tätschelte sie, fand den Eingang der Vagina, glaubte aber, den Anus gefunden zu haben. Er drang in sie. Sie verspürte einen leichten Schmerz, schrie auf und war zugleich hingerissen entflammt. Es war der Höhepunkt ihres flüchtigen Glücks. Er stöhnte lustvoll und stieß kraftvoll in sie. Nach dem Liebesakt küsste er sie und streichelte sie im Schritt. Wie von einer Tarantel gestochen sprang er aus dem Bett und brüllte:
„Du bist eine Frau! Du Hure, Schlampe, Nutte. Du hast mich belogen."
Er rannte zum Klosett, würgte und übergab sich, kehrte in das Zimmer zurück und tobte wie von Sinnen:
„Du dreckiges Flittchen, Schlange, Dirne, Hure, bist wie meine Mutter. Falsch und hinterhältig. Verschwinde, los, verschwinde, sonst schlage ich Dich noch tot. Ich will Dich nicht mehr sehen, raus, raus, bevor ich mich vergesse."
Stephanie sprang aus dem Bett, verkroch sich in eine Ecke und zog sich notdürftig

an. Er rannte im Zimmer umher und schien etwas zu suchen. Sie fürchtete um ihr Leben. Sie warf noch einen Blick auf den Rasenden und flüchtete. Sie rannte so schnell sie konnte durch die Straßen der Stadt, hörte in der Stille der Frühe seine Schritte hinter sich und meinte, er jage ihr nach. Sie erreichte das Elternhaus, klingelte ununterbrochen und fiel der Mutter um den Hals, die ihr die Tür geöffnet hatte. Sie zitterte am ganzen Körper, schluchzte und brachte kein Wort heraus. Die Mutter schleppte sie ins Ehebett und verabreichte ihr eine Schlaftablette. Am Nachmittag fragte sie: „Kind, was ist passiert?"
Steffi antwortete wortkarg: „Er hat mich entehrt. Und nicht nur das. Er hat mich gedemütigt, entwürdigt, beleidigt und bedroht."
Die Mutter stöhnte: „Mein Kind, wie schrecklich, aber was ist passiert?" Steffi bockte: „Ich spreche nicht darüber, es war auch meine Schuld. Mehr sage ich nicht!" Nach zwei Tagen hatte Steffi ihr psychisches Gleichgewicht

wiedergewonnen. Sie nahm wie gewohnt am Schulunterricht teil. Friedrich kam von dem Gedanken nicht los, das seine geliebte Tochter vergewaltigt worden sei. Er entwickelte die Vorstellung, wie er Andre schlage und quäle. Er steigerte sich in Wut und schämte sich bei kühlen Kopf, Hass empfunden zu haben.
Nach Wochen blieb bei Stephanie die Regel aus, sie fühlte sich schlapp, bekam Anfälle von diskreter Übelkeit und Schwindel und gierte nach eingelegten Gurken. Friederike registrierte die diskreten Veränderungen von Steffi, ging mit ihr zum Arzt und bekam mitgeteilt, dass ihre Tochter im vierten Monat schwanger sei. Auf dem Heimweg wimmerte Steffi und wiederholte krampfhaft:
„Ich will es nicht, ich will es nicht."
Zu Hause saßen Vater, Mutter und Steffi zusammen und berieten. Sie kamen zu dem Entschluss, die Schwangerschaft vorzeitig zu beenden. Sie suchten eine Familienberatungsstelle auf und erfuhren, dass die Abtreibung bis zur zwölften Woche vorgenommen werden

müsse. Die Beratungsstelle hielt den Abort für kriminologisch indiziert und vermittelte eine Klinik. Steffi erhielt einen Aufnahmetermin und so schien die Angelegenheit befriedigend gelöst. Steffi verlor in der Folgezeit ihre Lebhaftigkeit, sie wurde still und zog sich zurück. In ihrem Insichgekehrtsein hielt sie Zwiesprache mit dem werdenden Leben:
„Mein Kleines, was haben wir nur getan. Und nun steht die Frage, soll ich Dich töten lassen? Du bist mein Blut, ich ernähre Dich, ich spüre Dich. Wir sind eins. Der Allbeherrscher hat entschieden, dass Du leben sollst. Soll ich mich gegen Gott wenden? Du wächst und wirst weiter wachsen und reifen und die Erde in seiner Schönheit kennenlernen. Wer wird meiner gedenken, wenn nicht du, wer wird an meinem Grab weinen, wenn nicht du? Ich bin schwach, Du wirst stark sein und Deinen Weg gehen. Darf ich Dich jetzt fortwerfen wie eine faule Frucht?" Ihre Gedanken schweiften weit aus und sie spielte gedanklich andere Alternativen durch: „Bin ich dazu abgerichtet, immer

greifbar, immer gebrauchsfähig, immer die Schwächere zu sein? Ich habe andere Träume. Ich will mich ausleben, ich will auf andere Art ein Weib sein. Ich werde mein Mutterrecht verteidigen, auch wenn es als Anmaßung gilt. Ich werde durch Sanftheit alte Vorstellungen zerstören, durch Stille laut werden und meinen fraulichen Reichtum nutzen, um aus der Enge des Hergebrachten mich zu befreien."
Als man sah, dass sie ein Kind austrug, überschütteten die Mitschüler sie hinterrücks mit Hohn und Spott. Zuerst rätselte man, wer der Vater sei, kam aber schnell auf Andre.
„Wie hat er es angestellt, er ist schwul. Hat er überhaupt einen Pimmel? Nein, es war sein Stellvertreter, der Pfarrer und er hat zugesehen."
Man lachte, lästerte, grinste, kicherte und hatte Vergnügen an der Schadenfreude.
„Ja, stille Wasser sind tief, hoffentlich ertrinkt sie nicht."
Freundinnen erkundigten sich scheinheilig, wie es ihr und dem Kind gehe.
„Du bekommst ja ein Kind, oder? Wenn

Frauen Sorgen haben, essen sie zu viel und werden dick. Wie ist es bei Dir?"
Steffi fühlte, dass sie aus dieser Gesellschaft ausgeschlossen war. Sie schämte sich, antwortete nicht und mied fortan die Schule. Sie wurde im Elternhaus wortkarg, schloss sich in ihrem Zimmer ein und verbrachte Stunden mit der Selbsterkundung. Sie sammelte ihre restliche Kraft, um einen Entschluss zu fassen. Was sollte sie tun? In ihr wogten gegenläufige Entscheidungen und zerrissen sie. Sie erkannte keinen Lichtstreif, der sie hätte erlösen können. Sie gab die nagenden Gedanken auf.

Der Herbst kam, da erinnerte die Mutter: „Steffi, Dein Aufnahmetermin im Krankenhaus liegt hinter Dir."
Steffi erschrak und erklärte spontan:
„Ich weiß es. Ich habe nicht gewagt, Dir zu gestehen, dass ich mich anders entschieden habe. Ich habe Albert Schweitzer gelesen. Er schreibt, alles, was das Leben vernichtet oder schadet, ist böse. Und alles, was dem Leben hilft und ihm dient, ist gut. Ist das nicht ein

einfacher Imperativ? Ich werde das Kind austragen. Es soll das Leben als Geschenk Gottes empfinden und es soll mit Gottes Hilfe sein Sosein meistern und sich in ihm zurechtzufinden. Das ist mein und sein Weg des Glücks und der Freiheit."
Steffi gebar einen Jungen. Der Erzeuger Andre ließ sich nicht sehen. Steffi war außer sich vor Glückseligkeit. Rosa vergaß vor Freude die vergangenen Sorgen, Friedrich war stolz auf den Jungen. Dem Knaben wurde urkundlich der jüdische Name Aviel gegeben, was Gottes Kind bedeutet.
Friedrich konnte die in ihm virulente Vergewaltigung seiner Tochter aber nicht verkraften. Er hielt daran fest, kränkelte darunter, behielt seinen Kummer für sich und konnte sich von Rachegedanken nicht frei machen. Eines nachts träumte er, dass er einen Maserati verfolge. Er näherte sich dem vorausfahrenden Auto und erkannte, dass Andre am Steuer saß. Er stellte zu seinem Erstaunen fest, dass er die Fähigkeit besaß, das Auto von Andre zu lenken. Steuerte er nach links,

fuhr Andre nach links, steuerte er nach rechts, fuhr Andre nach rechts. Beide Autos rasten auf einer kurvenreichen Straße mit hoher Geschwindigkeit entlang, als eine besonders gefährliche Kurve ausgeschildert wurde. Friedrich hielt das Lenkrad starr fest und bewegte es nicht. Er wusste, was geschehen würde, er nahm es in Kauf. Andre versuchte zu lenken, doch das Lenkrad war blockiert. Er fuhr geradeaus, das Auto durchbrach die Leitplanken, überschlug sich und stürzte in eine Schlucht. Friedrich stieß einen Schreckensschrei aus und riss Rosa aus dem Schlaf. Sie schreckte auf und fragte:
„Was ist mit Dir? Du bist ja ganz verschwitzt und atmest heftig?"
Er murmelte: „Ich habe ihn umgebracht, o Gott, ich habe ihn umgebracht."
„Wen hast Du umgebracht?"
„Andre."
„Wer ist das?" „Der Vergewaltiger unserer Tochter. Andre."
„Den Vergewaltiger unserer Tochter?"
„Ja, ja." „Quatsch, es war ein Albtraum!

Beruhige Dich."
Er kuschelte sich an Rosa und besänftigte sich allmählich, wiederholte aber im Halbschlaf öfter: „Ich wollte es nicht. Du musst mir glauben, ich wollte es nicht." Und dachte zugleich, dass es den Richtigen getroffen hatte.

6

Es verging ein Jahr. An einem Samstag zur Kaffeezeit hielt ein Rolls-Royce vor dem Hause Merz. Der Fahrer stieg aus und beeilte sich, die Tür für einen vornehm gekleideten Herrn zu öffnen. Der warf einen Blick auf das bescheidene Häuschen, stolzierte auf den Eingang zu und klingelte. Friedrich öffnete die Haustür, der Besucher stellte sich vor:
„Mein Name ist Hoch, sind Sie Herr Merz?"
„Ja." „Darf ich mich mit Ihnen einige Minuten über eine wichtige Sache unterhalten?"
„Natürlich. Treten Sie näher."
Friedrich geleitete den Fremden ins

Wohnzimmer, bot ihm Platz an und fragte, womit er dienen könne. Herr Hoch räusperte sich und begann umständlich sein Anliegen vorzutragen:
„Mein Sohn Andreas Hoch ist vor gut einem Jahr bei einem Autounfall verstorben. Er war mein einziges Kind."
Friedrich wurde blass, er erinnerte sich an seinen Alptraum. Er stammelte:
„Es tut mir leid, es war wohl ein herber Schlag für Sie."
„Gewiss, ich habe nachgeforscht und habe erfahren, dass mein Sohn mit Ihrer Tochter Stephanie befreundet war. Die Freundschaft zwischen den beiden Kindern endete abrupt, warum, weiß ich nicht. Ihre Tochter soll aber bei Andreas genächtigt und danach einen Sohn geboren haben. Es spricht sehr viel dafür, dass Andreas der Vater des Kindes ist. Ich bin hier, um diesen Umstand von Ihrer Tochter bestätigen zu lassen und das Kind auch als meinen Nachkommen beurkunden zu lassen."
„Herr Hoch, Ihr Anliegen beehrt uns. Aber wir wissen selbst nicht, wer der Vater

von Aviel ist. Unsere Tochter Stephanie spricht nicht darüber und wenn man sie bedrängt, wendet sie sich ab."

„Darf ich mit Ihrer Tochter sprechen?"

„Natürlich, sie ist zu Hause. Ich hole sie." Friedrich verließ das Zimmer, nach kurzer Zeit betrat Steffi den Wohnraum. Herr Hoch beteuerte:

„Frau Merz, ich überfalle Sie nur mit guten Absichten. Sie haben vielleicht erfahren, dass Andreas verstorben ist. Ich bin sein Vater. Betrachten Sie es nicht als Indiskretion, aber ich forsche seit dem Tode von Andreas danach, ob er vielleicht einen Nachkommen gezeugt hat. Sie waren mit ihm intim befreundet. Ich bitte Sie von ganzem Herzen, wenn er der Vater Ihres Kindes ist, sagen Sie es mir. Ich möchte, dass das Kind und seine Mutter in meine Familie aufgenommen werden." Er betrachtete Stephanie. Sie war eine ungewöhnlich hübsche, junge Frau. Sie lächelte und kaschierte damit, was in ihr vorging. Die unflätigen Beschimpfungen von Andreas und seine Drohungen hallten in ihr wider. Nie hatte sie an Vergeltung

gedacht, aber er hatte sie traumatisiert. Sie war nicht mehr bereit, sich mit Männern einzulassen. Mit welchem Recht stellte dieser Herr Hoch seine Forderung? Mit bebender Stimme entgegnete sie ihm und machte sich selbst nicht klar, was sie da vortrug: „Ich kenne den Vater meines Kindes nicht. Ich bin eine Hure und eine Schlampe, ich will ihr Geld nicht! Es ist mir zu schmutzig."
Er erfasste intuitiv, dass sie lügt. Zornesröte färbte sein Gesicht, doch er beherrschte sich und bat im ruhigen Ton: „Ich flehe sie an, verspotten Sie mich nicht. Es ist mir ein Herzensanliegen, ich möchte den Nachlass meines Sohnes retten, denn sonst bleibt meine Familie ohne Frucht, sie wird aussterben. Wenn Andreas Ihnen Leid antat, lassen Sie es mich nicht spüren. Er hatte es als Kind schwer. Seine Stiefmutter liebte ihn nicht und hielt ihm bei jeder Kleinigkeit vor, sie bereue, ihm das Leben geschenkt zu haben. Sie kreischte es und sperrte ihn wegen jeder Kleinigkeit in eine Dunkelkammer ein."
Steffi forderte ihn freundlich auf:

„Das mag alles so gewesen sein, aber es interessiert mich nicht. Gehen Sie, ich kann Ihnen nicht helfen."
Er hielt ihr vor:
„Sie weisen nicht nur meinen Sohn ab, sondern auch mich. Ich werde alles unternehmen, um Aviel zu gewinnen. Sie stoßen nicht nur mich, sondern auch Ihre Familie ins Unglück. Denken Sie darüber in Ruhe nach, ich darf meine Visitenkarte hinterlassen."
Er erhob sich und verließ ohne Gruß das Haus. Sie las nicht die Visitenkarte und warf sie in den Mülleimer.
Friedrich erkundigte sich in der Folgezeit, wer Herr Hoch sei und erfuhr, dass er der größte und einflussreichste Unternehmer der Region sei. Er selbst hatte sich zu einem bekannten und gefragten Architekten hochgearbeitet. Er war mit Arbeit überlastet und vergaß darüber die Aufwartung von Herrn Hoch. Wie aus heiterem Himmel wurden plötzlich Aufträge storniert, Kredite nicht bewilligt, Neuaufträge blieben aus. Baufirmen weigerten sich, für ihn zu arbeiten. Er

musste Angestellte entlassen, geriet in finanzielle Schwierigkeiten und war gezwungen, sein Haus zu verkaufen. Er gab seine Selbstständigkeit auf, bewarb sich bei ausgeschriebenen Annoncen, wurde aber von den Auftraggebern abgewiesen oder hingehalten. Rosa fand eine Anstellung als Kindergärtnerin, ihr Gehalt reichte gerade für den Unterhalt der Familie aus. Bisher bestand das Leben für Friedrich aus Pflicht, Leistung, Freundschaften und Familie. Er war stolz darauf, Jude zu sein und hatte eine ausgesprochen zionistische Gesinnung. Er wollte nicht nach Israel auswandern, denn er liebte Deutschland, wo es ihm gut ging. Ihm war sein innerer Widerspruch nicht bewusst. Seine Existenz war gebunden an alltäglichen Aufgaben. Nun aber wurde er langsam aus dem Leben gedrängt. Er saß zu Hause, grübelte, wie er die eigenen Möglichkeiten seines Könnens verwirklichen könnte. Er fand keine Lösung, alles schien ihm verbaut. Er wagte sich nicht mehr in die Öffentlichkeit, die Gefühle von Scham und Entwürdigung nahmen von ihm

Besitz. Er befürchtete neue Pogrome, verlor zunehmend den Kontakt zu seiner Mitwelt, Freunde mieden ihn. Seine Gedanken blieben an seiner Herkunft kleben, machten sich breit und mündeten in der Vorstellung, dem Leben nicht gewachsen zu sein. Er entfremdete sich von seiner Frau, sprach nicht mehr mit ihr über seine Gefühle und vermutete, dass sie die Wurzel allen Übels sei. In völliger Verlorenheit und Abgeschnittenheit irrte er in einer sinnentleerten Welt umher und stolperte in eine seelische Verfassung, die als Depression klassifiziert wird. Das Schicksal seiner Ursprungsfamilie lebte in ihm auf, Mutter und Tochter verschmolzen in seiner Vorstellung zu einer Person.

Er war überzeugt, dass beide geschlagen, gewürgt, gefoltert wurden. Er hörte sie nachts markerschütternd schreien und um Hilfe rufen, doch kein Mensch erbarmte sich ihrer. Er vernahm ihre Todesröcheln, doch kein Mensch gebot den Mördern Einhalt. Er stand auf, warf sich auf die Erde und betete in seiner

Bedrängnis das Klagelied des Psalmisten: „O du Gott meines Volkes, meine Seele ist gesättigt mit Leid, mein Leben ist dem Totenreich nahe. Schon zähle ich zu denen, die hinabsinken ins Grab. Ich bin ein Mann, dem alle Kraft genommen ist. Du hast mich tief hinab in die finstere Nacht gebracht, warum, o Herr, verwirfst Du mich, warum verbirgst Du Dein Gesicht vor mir?
Mein Auge wird trübe vor Elend, jeden Tag rufe ich zu dir und strecke meine Hände nach dir aus. Gebeugt bin ich und todkrank von früher Jugend an. Deine Schrecken vernichten mich. Meine Tage sind wie Rauch geschwunden, meine Glieder wie von Feuer verbrannt, versengt wie Gras und verdorrt ist mein Herz. Erlöse mich, Herr, erlöse mich. Eile mir zur Hilfe, höre auf meine Stimme, wenn ich zu dir rufe. Wie ein Rauchopfer steige mein Gebet zu dir auf, als Abendopfer gelte vor dir, wenn ich zu dir rufe."
Er geisterte nachts im Haus umher, schloss sich tags in ein Zimmer ein, wurde von Fratzen umzingelt, die ihn bedrängten

und zuriefen, du hast ihn umgebracht, den Verführer deiner Tochter. Verflucht seien deine Tage. Du bist einer von uns und nicht besser als die Mörder deiner Mutter. Mörder, Mörder! Er beteuerte immer wieder, ich wollte es nicht, doch die Geister lachten nur höhnisch. Er kniete sich stundenlang nieder und bat den Gott seiner Väter, vergib mir. Steig herab zu einem armen Sünder und erlöse ihn durch ein Wunder. Doch die Schuldgefühle wichen nicht von ihm, Gott hatte kein Erbarmen, erschien ihm nicht, blieb stumm und gab ihm kein Zeichen. Es fiel kein Blitz vom Himmel und er hörte Gottes Stimme nicht.

Es war an einem Novemberabend. Nebel lag über dem Land, es nieselte. Die hereinbrechende Nacht war dunkel und kalt. Friedrich ging am Fluss, ihn marterten quälende Gedanken.

„Gott hat mich vor dem Tode gerettet und er hat mir das Leben geschenkt. Nun will er mich nicht mehr erhören, obwohl die Qual meines Herzens und die tägliche Not mir den Atem nehmen. Warum nicht, was habe ich getan? Er hat mich verlassen und ich nicht ihn. Soll ich ihm dafür danken? Ich bin ein Verfluchter. Soll ich ihm dafür danken? Tausende und Abertausende meines Volkes sind ermordet worden, er hielt seine schützende Hand stets über mir. Und jetzt? Er schweigt. Ich verschmähe sein Geschenk, ich gebe ihm das Leben zurück, was er mir gegeben hat. Mein Glaube an ihn macht mich zum Gespött der Umwelt, Schmach und Schande sind seinetwegen über mich gekommen. Was ist die Essenz meines Lebens? Verzweiflung. Nimm es, nimm mein Leben, ich will es nicht mehr und Du sollst darunter leiden. Die Menschen sollen erfahren, dass Du stumm bist und tot, nicht mehr als eine Vogelscheuche, vor der sich Kinder fürchten. Ich hatte die Strahlen der glänzenden Sonne, das Blau des Himmels eines Sommertages, die Weite des Meeres, die Höhe der Berge in beglückender Klarheit als Deine Schöpfung genossen, und nun will ich eintauchen in die samtene Dunkelheit der Nacht, in das glitzernde Licht der

Sterne und das goldene Lächeln des Mondes. Ich will sein wie die Schönheit und Vollkommenheit der Welt und werde in dieser Vollendetheit meinen Frieden finden – ohne Dich!"
Er spürte seine Kraft, war erleuchtet und verklärt und unterlag dem Sog einer unabweisbaren Vision. Die innere Gewissheit, mit dem Ende seines Lebens in die Freiheit zu gelangen und alle Mühsal abzustreifen, erfüllte ihn mit Freude. Seine Glaubenskraft war stärker als sein Lebenswillen. Er stieg auf die Brüstung einer Brücke und stürzte sich in das eisige Wasser. Am nächsten Morgen fanden ihn Dorfbewohner angeschwemmt an ihrem Strand.
Rosa und Stephanie konnten sich nicht in die Welt von Friedrich einfühlen, sie waren schockiert. Sie mussten nicht seine Leiden ertragen. Rosa sah seine Leiche und behauptete, das sei nicht ihr Mann. Sie weinte, wurde auf Vorhalt zornig und wiederholte, es sei nicht ihr Mann. Sie konnte nicht verstehen, dass Friedrich ohne Abschied sie verlassen hatte. Sie

haderte mit Gott und fragte sich, warum er ihr das Leben so schwer mache. Allmählich begriff sie, dass sie in letzter Zeit ihn als Verwirrten begriffen hatte, als nicht zurechnungsfähig. Sie hatte ihn nicht in die Arme genommen und ihn nicht mit Worten liebkost. Sie hatte mit Sorge gesehen, wie er mit jedem Tag älter und kränker wurde, beobachtete ihn, gab ihm gute Ratschläge und ermahnte ihn mit Worten.
„Ich verstand ihn nicht, er fühlte sich in meiner Gegenwart nicht mehr sicher und geborgen. Ich trieb ihn in die Ausweglosigkeit. Ich habe ihn seelisch getötet. Meine bedingungslose Liebe zu ihm ging verloren, ich teilte mit ihm nicht die unterdrückten Schmerzen, Ängste, Scham-und Schuldgefühle. Er nahm sich das Leben nicht mit einem Gefühl der Heiterkeit und der Vergebung, es war Verzweiflung. Und ich stand daneben."
Erst nach Jahren fand sie den Mut und die Offenheit, das Versäumtes sich einzugestehen.
Für Rosa und Stephanie brachen nach

dem Tode von Eliam, alias Friedrich, schwere Zeiten an. Alex und Friederike unterstützten sie so gut sie konnten. Sie bezahlten monatlich die Miete. Rosa und Stephanie nahmen es an, obwohl es sündiges Geld war.
Als Aviel zur Oberschule kam, schenkte ihm Alex, sein Großonkel, wie er ihn nannte, ein Fahrrad. Aviel durchstreife damit die nähere Umgebung der Stadt. Er hatte sich eines Tages mit seinem Freund Bernd aus der Stadt gewagt. Sie passierten im Reichenviertel ein Grundstück, dessen Weitläufigkeit sie in Erstaunen versetzte.
Es war von einem Eisenzaun eingefasst und hatte eine Zufahrt mit Tor zu einer Villa. Der Garten war kunstvoll angelegt, seitlich von ihm befand sich eine Streuwiese. Die Villa war nur teilweise sichtbar, sie wurde von Sträuchern verdeckt. Die Jungen lugten neugierig in das Anwesen. Auf der Streuwiese entdeckten sie Äpfel, sie waren gelb und rot und machten ihnen Appetit. Aviel und Bernd berieten sich:
„Sollen wir uns einige holen? Sie verfaulen und sind keinem Nütze. Es ist

kein Mensch zu sehen. Wir stellen die Räder an den Zaun, benutzen sie als Leiter und laufen gebückt ganz rechts, klauben einige Äpfel auf und verschwinden. Da kann uns keiner sehen." „Los komm!"
Gesagt getan.
Sie stiegen über den Zaun, duckten sich und rannten zu den Apfelbäumen. In aller Eile steckten sie die besten Äpfel in ihre Hosentaschen und bemerkten in ihrem Eifer den Mann nicht, der sich zu den Jungen anschlich.
Bernd sah ihn im letzten Augenblick und konnte entkommen. Aviel aber wurde von hinten gepackt, wehrte sich nicht und hörte eine kräftige Männerstimme schimpfen:
„So Bürschchen, jetzt habe ich Dich! Wir werden die Polizei rufen und dann gibt es eine Strafe. Und jetzt komm mit mir!"
Der Unbekannte hielt Aviel am Arm fest und führte ihn in die Villa in ein großes Zimmer. Es war mit Bildern, Plüschsesseln, üppigen Gardinen, Kultfiguren, Kommoden, Teppichen und anderen Krimskrams ausstaffiert. Aviel hatte

keinen Blick dafür. Er erschrak. Vor dem Fenster saß ein Mann in einem Lehnstuhl und flößte ihm Furcht ein. Seine Beine waren mit einem Plaid bedeckt, der rechte Arm fehlte. Der massige Kopf saß wie ein Fremdkörper auf dem ausgemergelten Körper, seine Schultern hingen vornüber. Sein Gesicht war übersät mit Narben, ein Augenlid hing halb über dem linken Auge und war leblos, das rechte Auge schien ihm böse zu blicken. Seine Haut war faltig und blass. Mit dem verbliebenen Auge musterte er eindringlich und forschend den Jungen. Die Mundwinkel hingen abgeschlafft nach unten. Aviel registrierte, dass der alte Mann ihn fixierte. Nach Schweigeminuten sagte der Gekennzeichnete schwer verständlich:
„Butler, der Junge soll näher kommen.!"
Der Butler schob Aviel in Reichweite des alten Mannes.
Der Butler triumphierte:
„Herr Hoch, ich habe einen Dieb ertappt. Er ist über den Zaun gestiegen und wollte ihre Äpfel stehlen."
Der alte Mann wandte sich an Aviel:

„Du wolltest mich also beklauen!"
Aviel schwieg und nickte nur bejahend.
„Wie heißt Du?"
„Aviel."
Und wie weiter?"
"Merz."
„Wie alt bist Du?"
„Zwölf Jahre."
„In welche Schule gehst Du?"
„In die Städtische Oberschule."
„Bist Du ein guter Schüler?"
„Ich bin einer der besten."
„Was macht Dein Vater?"
„Ich habe keinen."
„Und Deine Mutter?"
„Sie ist Kindergärtnerin."
„Hast Du einen Opa?"
„Nein, er hat sich das Leben genommen."
Der alte Mann schien betroffen.
„Und warum?"
„Wir sprechen nicht darüber."
„Was war er von Beruf?"
„Er war Architekt, aber ich will Komponist werden."
„Du hast Dir etwas sehr Schweres vorgenommen. Es ist sehr mühevoll,

Anerkennung zu finden."
„Ich weiß es."
„Und trotzdem bleibst Du dabei?"
„Ja, Musik ist Angst, Sehnsucht, Trost, Zuversicht, Friede und Sieg ohne Worte, sie ist geheimnisvolle Aura menschlicher Gefühle, voller Naturgewalt und unendlichem Horizont. Sie bewirkt Betroffenheit und Erschütterung und überschreitet die realen Grenzen menschlicher Erfahrung und spiegelt dennoch die Nähe menschlicher Existenz wider. Sie ist nicht so gegenständlich wie andere Künste, sie bewegt sich nicht auf der Ebene der Empfindung und der Gedanken, sondern auf der Ebene des Affekts."
„Du sprichst wie ein Philosoph. Hast Du eine Erklärung dafür?"
„Ja, es hat mit dem Tod meines Opas zu tun. Ich habe lange darüber nachgedacht und glaube, dass er Musik hörte, als er starb. So hat er den Tod überwunden. Er war stärker als der Tod. Als er hinschied, war er himmlischen Klängen hingegeben und erlebte die Harmonie von Leib und

Seele. Das war sein Zustand, als er zum Paradies aufstieg. Ich werde ihm ein Requiem schreiben und ihm damit eine Morgengabe zelebrieren."
„Und Deine Oma?"
„Sie wohnt bei uns und passt auf mich auf. Sie ist sehr stolz auf mich. Sie erzählt mir viele Märchen."
"Ich dachte, dass man heutzutage keine Märchen mehr erzählt. Was ist Dein Lieblingsmärchen?"
„Der Fischer und seine Frau. Sie sind sehr arm. Der Fischer fängt einen Fisch, der ihm verspricht, wenn er ihn am Leben lässt, hat er drei Wünsche frei. Die Frau des Fischers bekommt aber nicht genug. Am Ende will sie Gott selber sein. Kaum spricht sie diesen Wunsch aus, da platzen alle Träume. Die Fischersleute finden sich in ihrer Hütte und in Armut wieder. Die Lehre des Märchens heißt, bescheide dich und begehre nicht das Unmögliche."
„Und nun erzähle, warum bist Du in meinen Garten gestiegen?"
„Die Äpfel lachten mich an. Sie flüsterten mir zu, nimm uns, sonst liegen wir auf

dem Gras und verfaulen."
„Das hast Du gehört?"
„Ja, man muss nur die Augen schließen, sich in die Äpfel versenken und schon hört man sie wispern, leise, ganz leise."
„Du kleiner Schelm. Warum kaufst Du Dir nicht Äpfel? Das ist nicht so aufwendig und nicht so gefährlich!"
„Wir haben sehr wenig Geld und ich dachte, schade um die schönen Äpfel."
„Hast Du Dir nicht überlegt, dass Du einen Diebstahl begehst?"
„Nein, die Äpfel haben auch ihre Rechte. Sie wollen von uns gegessen werden."
„Du hast Recht. Man soll Nahrung nicht verfaulen lassen. Wo wohnt ihr?"
„In der Kirchgasse 6."
„In einem dieser alten Häuser?"
„Ja, unsere Wohnung ist sehr klein."
„Und wer ist Dein Freund?"
„Darauf gebe ich Ihnen keine Antwort."
Der alte Mann winkte den Butler zu sich heran. „Das mit der Polizei, das lassen wir. Bringen Sie dem Jungen einen Korb mit Äpfeln."
Und mit erhobener Stimme:

„Aviel, sie sind für Dich, Deine Mutter und Oma bestimmt. Okey?"
Aviel strahlte.
„Sie sind ein guter Mensch. Vergelt`s Gott! Ich komponiere gerade ein Lied, ich werde es Ihnen widmen."
„Wie hast Du es überschrieben?"
„Das kann ich Ihnen noch nicht verraten. Ich habe zuerst die Melodie im Kopf, der Text kommt dann später."
„Ich danke Dir dennoch von Herzen."
Aviel fasste Mut.
„Haben Sie keine Frau und keine Kinder?"
„Nein, das habe ich nicht."
„Dann wohnen Sie ganz allein in diesem prächtigen Haus?"
„Ja, so ist es."
„Sie müssen sich einsam und verlassen fühlen. Das ist doch sehr schwer."
„Der Butler betreut mich. Er ist sehr fürsorglich. Aber sonst habe ich keinen Menschen, der mir nahe steht."
Er seufzte.
„Meine Lebenspläne konnte ich nicht verwirklichen, davon sind nur noch Scherben übrig geblieben."

Er sagte es mit Trauer in der Stimme. Aviel senkte den Kopf und fragte nicht weiter.
Herr Hoch blickte Aviel lange an.
„Willst Du mein Freund werden?"
Aviel nickte bejahend. Da lachte Herr Hoch von Herzen, winkte dem Butler und raunte dem Butler etwas ins Ohr. An Aviel gewandt:„Jetzt kannst Du gehen. Warte draußen, mein Butler macht den Korb fertig. Den bringst Du mir aber wieder, vergiss es nicht!"

Aviel machte sich schnellstens auf den Weg nach Hause. Er erzählte seiner Mutter aufgeregt das Erlebte. Sie legte die Äpfel in einen großen Teller und war überrascht, als sie auf dem Boden des Korbes einen unverschlossenen Briefumschlag ohne Anschrift fand. Sie öffnete das Kuvert, es enthielt einen einhundert Euroschein.
Aviel konnte sich diesen Fund auch nicht erklären. Stephanie beschloss noch am selben Tage, gemeinsam mit Aviel den Korb mit dem Kuvert zurückzubringen.

7

Der Butler Martin geleitete Stephanie und Aviel in das Empfangszimmer von Herrn Hoch. Nach der Begrüßung konnte Stephanie nicht an sich halten und sprach sofort den Grund ihres Kommens an. Sie erkannte Herrn Hoch nicht, seine körperliche Verfassung hatte ihn so verändert.
„Herr Hoch, mein Sohn hat aus Ihrem Garten einige Äpfel aufgelesen. Sie waren so gütig und haben ihm einen Korb voller Äpfel geschenkt. Ich bin Ihnen dafür sehr dankbar und irgendwie auch beschämt.Im Korb lag ein unverschlossenes Kuvert. Ich habe nachgeschaut und war erschrocken. Im Umschlag befanden sich einhundert Euro. Mehr nicht. Kein Anschreiben, keine Adresse. Ich habe Aviel befragt, er konnte mir dazu nichts sagen. Ich bin nun sofort zu Ihnen geeilt, um Ihnen das Geld und den Korb zurückzubringen und Ihnen zu versichern, dass Aviel das Geld nicht entwendet hat. Es muss ein

Versehen vorliegen."

Der alte Herr schüttelte mit dem Kopf.

„Ich weiß, ich weiß. Das Geld ist für Aviel gedacht, ich habe meinen Butler angewiesen, es in den Korb zu legen. Ich bin auch davon ausgegangen, dass Sie sofort bei mir vorsprechen, sobald Sie das Geld gefunden haben. Ich habe mich nicht in Sie getäuscht. Sie haben sich sehr verändert, Sie sind in den vergangenen zwölf Jahren schöner, reifer und ausgeglichener geworden. Ich bin freudig gestimmt, dass wir uns durch Zufall wieder begegnet sind."

Stephanie stutzte und betrachtete den alten, zerstückelten Mann minutenlang. Dann dämmerte es bei ihr:

„Sie sind ..."

„Ja, ich bin der Vater des tödlich verunglückten Andreas Hoch und Sie sind die kurzweilige Freundin von ihm."

Und mit einem feinen Unterton:

„Sie geben sich nicht mehr als Jüngling aus. Sie sind heute eine bezaubernde Frau."

Sie errötete. Das Kompliment berührte sie.

Es gab auf der Welt noch einen Menschen, dem ihre Schönheit etwas bedeutete.
Er ließ sich nicht unterbrechen.
„Ich selbst habe mich nicht nur körperlich verändert und bitte Sie, dass Sie mir nicht nachtragen, wovon ich keine Kenntnis habe. Ich denke dabei an das Verhältnis von Ihnen und Andreas. Mein Sohn und ich haben über solche Dinge nicht gesprochen. Wir hatten uns entfremdet."
„Nein, nein, ich trage nichts nach. Die Zeit heilt Wunden. Aber was ist Ihnen widerfahren. Sie sind …."
Sie hielt inne, er ergänzte:
„Ein Krüppel. Heute umschreibt man meinen Zustand und bezeichnet ihn als Pflegefall. Ich bin ein Krüppel. Sprechen Sie es ruhig aus, es ist die Wahrheit. So hat das Leben meinen Hochmut bestraft."
„Was ist passiert, darf ich es erfahren?"
„Es ist eine lange Geschichte. Eigentlich eine Lebensgeschichte. Sind Sie wirklich daran interessiert?"
Sie nickte zustimmend mit dem Kopf:
„Ja. Es ist auch ein Teil meines Lebens."
„Bitte setzen Sie sich näher zu mir.

Ich werde Ihnen alles erzählen, wenn auch sehr zäh und umständlich. Mein Gedächtnis lässt nach und manchmal verliere ich den Faden. Ich wiederhole mich öfter, meine Konzentration lässt nach. Und zu allem Übel bin ich auch noch schwerhörig. Seien Sie bitte deshalb nachsichtig mit mir. Doch zuvor möchte ich wissen, was ist mit Ihrem Vater?"
Sie ließ sich auf einen Sessel ihm gegenüber nieder. Sie stützte ihren Kopf auf beide Arme, dachte längere Zeit nach und berichtete stockend:
„Mein Vater hat sich das Leben genommen. Er ist von einer Brücke in den Fluss gesprungen und wurde in der Nähe eines Dorfes angeschwemmt. Er war depressiv als Folge vieler Nackenschläge. Es brach mir das Herz, als er mir zum ersten Male sagte, dass das Leben wertlos sei. Er kenne keine Freude mehr. Ich widersprach ihm. Wenn er anderen Menschen Freude bereite, würde sein Leben sinnvoll sein und sein eigenes Leben mit Sinn bereichert werden. Ich habe alles getan, was in meiner Macht

stand, um ihn aufzumuntern. Aber ich war damals noch sehr jung und verstand nicht, was ihn bewegte. Als meine Mutter ihn als Leiche sah, war ihre erste Reaktion, es ist nicht mein Mann. Als ich sie zu überzeugen versuchte, wurde sie zornig, weinte und wiederholte ununterbrochen, es ist nicht mein Mann. Sie konnte wohl nicht glauben, dass sie von ihm ohne Abschied getrennt wurde. Und es waren wohl auch Schuldgefühle. Ich erlebte meinen Vater in den letzten Tagen geistig verwirrt. Meine Mutter klagte, warum macht er uns das Leben so schwer. Sie gab ihm Ratschläge, belehrte ihn und machte ihm Vorwürfe. Sie nahm ihn aber nicht in die Arme und hatte wenig Verständnis für seinen psychischen Zustand. Sie war überfordert, die Not klopfte an unserer Tür. Ich sah mit Sorge, wie mein Vater mit jedem Tag älter und kränker wurde und konnte ihm nicht helfen. So blieb er allein, fühlte sich nicht verstanden und zu Hause nicht mehr sicher und geborgen. Er war Jude. Wir haben ihn seelisch getötet und darunter leide ich noch heute. Meine

Mutter ertrank in finanziellen Sorgen und konnte ihm nicht mehr die bedingungslose Liebe geben. Ihr Ehe wurde nicht mehr von Liebe getragen, sondern von seiner Depression bestimmt. Mutter und Vater teilten nicht mehr ihre Ängste und ihre Furcht. Und beide kannten wohl nicht mehr das Gefühl von Frieden, Heiterkeit, Gemeinsamkeit, der Vergebung zu anderen und zu sich selbst. Ja, mein Vater war verzweifelt. Erst nach Jahren fand meine Mutter zu Offenheit und Mut, über das Versäumte zu sprechen. Damit hatte sich für sie eine neue Welt eröffnet. Die Negativität fiel von ihr ab, sie spricht offen über ihre Schuldgefühle und sie bejaht das Leben. Sie hat zurückgefunden in die reale Welt. Fragen Sie mich nicht, wie sie ihre Lebenskrise überwunden hat. Sie hat gute Freunde. Wir sind zwar arm, aber zufrieden." „Sind Sie verheiratet?"

„Nein. Ich habe Ihren Sohn geliebt, es war meine erste Liebe. Und meine letzte. Er hat mich gedemütigt, das hat seelische Narben hinterlassen. Ich habe Angst vor Männern, schrecke zurück, wenn sie sich mir nähern."

Herr Hoch hatte die Augen geschlossen, aber Stephanie erkannte, dass er jedes Wort von ihr aufgenommen hatte. Im Raum herrschte minutenlang wahrnehmbare Stille. Herr Hoch räusperte sich und begann langsam und bedächtig zu monologisieren. Er merkte nicht, dass er sie duzte.

„Du stehst in der Blüte Deines Lebens. Verschiebe nicht das Glück auf das Alter wie ich. Verwirkliche Deine Lebensträume und lass Dich nicht von der Vergangenheit vergiften. Du hast Enthaltsamkeit in die Tiefen Deiner Seele zurückgedrängt und Reue und Scham bestimmen Dein Leben. Der angebliche Zufall in unserem Leben ist eine Prüfung für uns. Du bist wie das hässliche Entlein im Märchen, einsam und unglücklich und fragst dich, warum ist gerade mir das Unglück widerfahren. Du ziehst dich zurück, vergräbst dich und trauerst: Wenn mich keiner lieb hat, bleibe ich für den Rest meines Lebens allein. Da kam zum Glück ein alter und verunstalteter Mann und sagte

ihr: Du bist bezaubernd schön wie ein Schwan, bist aufrichtig, warmherzig und verständnisvoll, warum weichst Du den Menschen aus? Genieße das Leben und die Liebe, sie werden dich in den Himmel heben. Und manchmal auch eine Bürde sein."
Sie äußerte sich nicht, hörte ihm zu, saß vor ihm mit halb geschlossenen Augen und begann zu weinen.
Er schwieg lange und begann dann von sich zu erzählen:
„ Wo fange ich an? Darf es ein Vorwort sein? Auch ich werde mich entblößen und gehe davon aus, dass Sie mein Vertrauen nicht missbrauchen. Seit Jahren habe ich nur mit mir gesprochen. Nun bin ich mit mir ins Reine gekommen. Doch nun zur Sache. Ich habe in unbegreiflicher Verblendung vieles in meinem Leben übersehen und es wäre töricht, dumme Ausreden zu gebrauchen. Ich will Ihnen gegenüber mein jahrelanges Schweigen durchbrechen. Des Schicksals Spruch ist unwiderruflich, es führte Sie und mich zusammen, obwohl unserem Alter nach

uns Welten trennen.
Ich wuchs in einer irren Zeit auf. Ich vermute, dass Sie diese Zeit nur von Büchern her kennen. Erst die völkische Hochstimmung, dann der Krieg, der nationale Mythos, der Zusammenbruch des Reiches. Es kam der Kampf ums Überleben, die Relativierung aller Glaubenswerte und deren Ersatz durch materiellen Wohlstand. Und jetzt, am vorläufigen Ende dieser schrecklichen Zeit, werden wir uns von der Sinnlosigkeit und Leere des Geschehens bewusst, haben aber jeglichen moralischen Halt verloren. In den letzten Tagen des Krieges wurde ich als Flakhelfer eingezogen. Ich hatte gerade meinen fünfzehnten Geburtstag gefeiert. Die Schlacht um Berlin war die letzte große Schlacht des zweiten Weltkrieges. Sie dauerte vom 16. April bis 2. Mai 1945. An diesem Tage hissten Rotarmisten die sowjetische Fahne auf dem Reichstag. Unsere Flak blieb unbeschädigt, aber wir hatten keine Munition mehr. Mein Vorgesetzter, ein Unteroffizier, forderte mich auf zu verschwinden. Er sagte,

rettet euch, die Russen murksen alles ab, was Uniformen trägt. Es war die Aufforderung zu desertieren. Unsere Stellung war am Rande von Zehlendorf aufgestellt, meine Familie wohnte in einem Wohnblock im Bezirk Spandau. Als ich die Flakstellung verließ, war es Nacht. Hunderte von feindlichen Flugzeugen bombardierten Berlin. Es gab keinen öffentlichen Nahverkehr. Wie nach Hause gelangen? Ich brach zwei oder drei verlassene Schuppen auf, fand schließlich ein Fahrrad und fuhr auf gut Glück Richtung Westen. Ich kam nicht weit. Eine Abteilung des Volkssturms griff mich auf, man drückte mir ein Gewehr in die Hand und verlangte von mir, dass ich Berlin bis zum letzten Blutstropfen verteidige. Die Verteidiger waren alte Männer, die sich in Häusern verschanzt hatten und sich einer Weltuntergangsstimmung hingaben. Ich schlich mich aus dem Hause und warf das Gewehr fort. Ein alter Opa, der eingezogen worden war, hatte mich beobachtet. Er gab mir zu bedenken:

„Ach Junge, wo willst Du hin? Wenn Dich

die SS erwischt, wirst Du erschossen, wenn Dich die Russen zu fassen bekommen, wird es Dir nicht besser ergehen."
Ich gab nicht auf. Ich irrte zwei Tage Tage und Nächte durch die Straßen, suchte Schutz in Häuserruinen und wusste nicht, wo ich mich befand. Bomben fielen wie Regentropfen, die meisten Häuser waren zerstört, es gab keinen Menschen, den ich um Auskunft bitten konnte. Sie saßen in Kellern. Leichen lagen verstreut herum, aus jeder Richtung knatterten MGs, Bomben explodierten, Granaten sprengten Häuser auseinander, Frauen und Kinder schrien und bangten um ihr Leben. Einzelne Soldaten huschten von Haus zu Haus, Feuersbrunsten verbreiteten Rauch und Hitze und ich lief durch dieses Inferno und bemühte mich, Deckung zu finden. Irgendwie erreichte ich die Lange Straße, in der meine Familie wohnte. Ich erkannte die Gegend nicht. Die meisten Häuser waren ausgebombt. Berge von Schutt versperrten die Wege, einzelne Mauern drohten einzustürzen. Wo war das Haus, in dem meine Eltern

wohnten? Eine Frau lief auf mich zu:
„Horst, wo kommst Du her?"
Ich erklärte, dass ich bei der Flak eingesetzt worden war.
„Wo ist meine Mutter, wo sind meine Geschwister?"
„Ach Junge, das weißt Du nicht? Sie sind bei einem Bombenangriff der Feinde umgekommen. Du siehst ja selbst, von eurem Haus steht nichts. Komm zu uns, wir haben einen ausgebauten Bunker. Hier draußen ist es zu gefährlich."

Ich musste mich setzen. Meine Beine versagten. Ich hörte nichts mehr, ich sagte nichts, ich war zu keiner Bewegung fähig. In mir herrschte Todesstille. Wie lange ich in diesem Zustand verharrte, ist mir nicht bewusst. Ich kam zu mir, als Sirenen heulten, Geschwader von Flugzeugen die Luft mit Lärm füllten und Sturzkampfbomber Jagd auf Menschen machten. Ich rannte und lief irgend wohin. Ein Mann winkte mir, ich stolperte zu ihm und er zerrte mich in einen Unterstand, der voller verängstigter

Menschen war. Mein Vater war zu Beginn des Krieges in Russland gefallen. Ich hatte als einziger von meiner Familie überlebt. Mich ergriff keine Trauer darüber, nein, ich wurde statt dessen von dem unwiderstehlichen Drang ergriffen, ich will leben, nichts weiter als leben. In meiner Fantasie begnügte ich mich nicht mit meiner traurigen Existenz, nein, ich verdrängte sie. Ich wollte auf Gedeih und Verderb hoch hinaus. Ich fantasierte, ich sei ein Held, schieße feindliche Flugzeuge ab, erfinde neue Waffen, mit denen ich unsere Feinde besiege und das Vaterland rette. Am 8. Mai 1945 wurde die bedingungslose Kapitulation der deutschen Wehrmacht von JODL unterschrieben. Die Kapitulation betrachtete ich als Verrat. Danach trieb ich mich in Berlin herum. Ich hatte keine Bleibe, schlief mal da oder dort. Und ich suchte nach einer Gelegenheit. Worauf? Ich wusste es selbst nicht. Ich war ein hungriger Wolf. Ich hatte keinen Beruf erlernt, war ein Nichtsnutz. Was tun? Ich strich Abend für Abend durch

die zerbombte Stadt, sah, wie Kinder in ausgebombte Häuser einstiegen und nach Verwertbaren stöberten. Ich selbst lebte von Diebstählen und vom Betteln. Es war ein Freitag, ich kann mich daran noch genau erinnern, es dämmerte bereits, als mich eine Frau von vielleicht dreißig Jahren ansprach. Na Kleiner, willst Dich wohl vergnügen, was? Ich überlegte kurz. „Darf ich bei Dir schlafen? Wie viel?" Sie sagte: „Fünf Mark, komm mit."
Wir waren noch keine zwanzig Schritte gegangen, als uns ein amerikanischer Soldat anhielt. Er radebrechte:
„Ich will Frau!"
Ich erkannte sofort meine Chance und hatte eine Geschäftsidee. Ich zog den Soldaten auf die Seite und gab ihm zu verstehen, dass er dreißig Mark zu zahlen habe. Er zahlte, ohne zu verhandeln und verschwand mit der Frau. Am folgenden Tag begab ich mich zu den Trümmerfrauen, man fand sie in der ganzen Stadt. Sie hatten keine Männer mehr, aber Kinder. Sie wohnten in Ruinen und hatten kaum etwas zu essen. Sie schufteten für wenig

Geld und kämpften ums Überleben. Menschen verhungerten, erfroren und litten unter nicht vorstellbarer Armut. Ich nutzte die Notlage der Frauen aus, bot ihnen Geld an und vermittelte sie an Amerikaner, die mich dafür mit Zigaretten, Esswaren oder Dollar entlohnten. Überall in der Welt erregt der Lude Neid und Abscheu. So erging es mir auch. Ich saß über Stunden allein, kämpfte und haderte mit mir. Ich merkte, dass ich meine Würde verliere und doch ließ ich von diesem Geschäft nicht ab. Ich profitierte vom Elend anderer. Ich häufte den Grundstock meines Vermögens an und verlor, was mir noch zu verlieren blieb - mich selber. Und fühlte mich gleichzeitig erfolgreich und glücklich. Man buhlte um mich, wenn ich Feste gab, wenn ich mit meinem Auto vorfuhr, wenn ich in Kneipen Runden schmiss. Irgendwann wurde ich von der Polizei verhaftet. Man ließ mich stundenlang warten, verhörte mich und gab mich schließlich frei. Die Unterwelt wehte mich an, Angst schlich sich in mein Herz ein. Der Zauber meiner

Tätigkeit klang ab, ich gab das leichte Leben innerlich auf. Mich erfassten Lähmung und Betäubung, mir war, als ob die Welt mit einem Schlage blass und und farblos und voller Gefahren war. Wenn ich Frauen bei der Arbeit in den Trümmern ansprach, vermutete ich hinter jeder Ecke Polizei. Meine frechen, aufdringlichen Augen büßten ihren Siegesglanz ein und blickten misstrauisch und furchtsam. Ich verständigte mich auf einmal leise, wurde vorsichtig und schüchtern. Diese Existenz befriedigte mich nicht mehr. Ich löste meine Bleibe in Berlin auf und ließ mich in K. nieder. Hier kaufte ich Grundstücke, baute Wohnungen, erweiterte meine Aktivitäten und nutzte die bäuerliche Aufrichtigkeit der hiesigen Geschäftsleute weidlich aus. Ich wurde reich, angesehen und mächtig. Die Zeit verflog, dann wurde mir bewusst, dass ich alt werde. Ich bemühte mich um eine Frau, sie sollte jung, anziehend und attraktiv sein. Ich fand keine, die meinen Ansprüchen entsprach. Auf einer Geschäftsreise nach Düsseldorf saß ich im Zug einer hübschen Dame

gegenüber. Sie sprach kein Wort und war in einem Buch vertieft. Ich überlegte, ob sie empfänglich für Komplimente sei. Ich brauchte zwei Stunden, um eine angemessene Anrede zu finden, denn ich hatte noch nie die Gunst einer Frau für mich erobert. Endlich fasste ich Mut und sprach sie tölpelhaft an:
„Sie sehen reizend aus, wirklich, im Halbdunkel des Abteils ahnt man gar nicht, welch schöne Augen Sie haben."
Sie antwortete, ohne aufzublicken:
„Das sagen Sie wohl allen Damen, die Sie kennenlernen wollen. Das zieht bei mir nicht." Einmal in Fahrt, ließ ich mich nicht abweisen. Ich schlug ihr vor:
„Könnten wir nicht zusammen ein Glas Wein trinken?"
Irmgard, so war ihr Vorname, erzählte mir später, dass sie in dieser Situation den Gedanken hatte, dass ich ein hübscher Mann sei und sie könne mir beweisen, dass Männer für sie nicht Luft seien. Ich schätzte sie so ein, dass es nicht leicht sei, diese Dame zur Freundin zu gewinnen. Bei mehreren Gläschen Wein

kamen wir uns näher. Wir schauten uns einander an, prüfend, ernst und im Wissen, worum es ging. Sie sprach mit klarer, leicht akzentuierter Stimme, hatte einen offenen Blick aus braunen Augen und ein sehr zurückhaltendes Lächeln. Was soll ich sagen, wir waren nach drei Monaten verheiratet und nach weiteren neun Monaten schenkte sie mir ein Kind, einen Jungen. Wir nannten ihn Andreas. Vierzehn Tage nach seiner Geburt verstarb meine Frau im Kindsbett. Ich verbarg mich zwei Wochen in meinem Arbeitszimmer, trauerte und beklagte mein Los. Und wusste nicht weiter." Herr Hoch hielt inne und bat: „Martin, bringen Sie mir doch bitte ein Glas Wasser."

Er nahm einige Schlucke und bekannte mit brüchiger Stimme:

„Sie war ein wunderbarer Mensch. Bescheiden, zurückhaltend, ruhig und besonnen. Wir ergänzten uns, wir liebten uns, wir erkannten im anderen die Seele Gottes. Der Tod meiner geliebten Frau lähmte mich und raubte mir den Verstand. Sie hatte mir ein Kind hinterlassen, was tun? Ich fühlte mich entwurzelt und ging überstürzt eine zweite Ehe ein. Sie hieß Anna. Sie war nicht fleckenlos. Wenige Wochen nach der Heirat forderte sie, dass ich ihr die Hälfte meines Vermögens überschreibe. Ich lehnte ab. Sie verschanzte sich in ihrem Zimmer, verweigerte sich mir, begann zu trinken und wurde im alkoholisierten Zustande scheußlich und gemein. Ich schlug ihr eine einvernehmliche Scheidung vor. Sie hatte die Süßigkeit des Reichtums geleckt und lehnte eine Scheidung ab. Sie ging fremd und verbarg es nicht. Ich begann, sie auf den Tod zu hassen. Ich hasste, was meinem Weltbild nicht entsprach. Am meisten hatte jedoch Andreas unter ihr zu leiden. Er war klein, auf Liebe, Vertrauen und Fürsorge angewiesen. Sie aber ließ ihren Ärger und ihren Zorn auf mich an ihm aus. Sie schlug ihn, sperrte ihn in die Dunkelkammer, nahm ihm das Spielzeug fort, verhängte gegen ihn wegen jeder Kleinigkeit Strafen. Wenn ich sie zur Rede stellte, bestritt sie ihre brachiale Erziehung und behauptete, Andreas lüge.

Andreas verließ sein Vaterhaus, sobald er konnte. Ich habe ihn nicht beschützt, wie es für einen Vater angemessen ist. Ich hing an ihm, bis ich erfuhr, dass er schwul ist. Sein Hang zum gleichen Geschlecht steigerte sich bei ihm bis zur Manie. Zuweilen lehnte er aus Vernunftgründen sich dagegen auf. Er versprach mir, seinen Lebensstil zu ändern, aber er hielt nicht sein Versprechen. Er hatte nicht die Kraft, sich davon zu befreien. Er trieb es ohne Scham und ohne Hemmung, wo immer er auch war. Er lebte in einem ständigen sexuellen Rauschzustand, war maßlos in seiner Begierde. Erst dachte ich, er ist ein junger Mann und durchläuft eine Periode sexueller Zügellosigkeit. Er kann sich selbst wohl nicht ertragen, begann Koks und Opium zu konsumieren und wurde innerhalb weniger Wochen davon abhängig. Wir entfremdeten uns zunehmend und stritten oft. Ich verbot ihm, mit Drogen zu handeln. Er lachte mich aus. Ich erlebte mich als Versager und machte mir Vorwürfe und wusste irgendwann, dass ich ihn bis ans Ende meiner Tage nicht ändern kann. Keiner nahm an, dass er schwul und drogensüchtig ist. Er war redegewandt und bezauberte, behexte, begeisterte und beherrschte alle jungen Männer, die ihm gefielen. Ich prophezeite ihm. Dass er irgendwann vor Gericht stehen wird und auch mich besudeln wird. Es berührte ihn nicht. Er war über Jahre der Schrecken meiner Nächte. Als er es zu weit trieb, immer mehr Geld von mir forderte, bekam ich innere Wutanfälle. Ich stellte mir vor, Schicksal zu spielen. Ich überlegte, einen Killer zu arrangieren, der ihn niederschießt, ihn mit Pilzen zu vergiften, ihn im Urlaub von einem hohen Felsen zu stürzen, ihn im Dämmerzustand Überdosen seiner Gifte zu injizieren. Ich vertröstete mich, redete mir ein, das hat Zeit. Aber ich wurde meine innere Unruhe nicht los, sie hetzte mich wie Jagdtreiber das Wild."

An dieser Stelle stockte sein Bericht und er sackte in sich zusammen. Stephanie riss ihre Augen auf und starrte Herrn Hoch fassungslos an. Sie blieb still, brachte kein Wort heraus und rührte sich nicht. Nach

längerer Pause richtete sich Herr Hoch auf und führte seine Ausführungen fort, als ob er zu sich spräche: „Entschuldigen Sie, es war ein kleiner Schwächeanfall. Ich habe ihn öfter. Wo war ich geblieben?"
Er besann sich.
„Ich habe es wieder. Gier ist eine Leidenschaft und treibt den Menschen dazu, das Objekt seiner Leidenschaft sich anzueignen. Nach dem plötzlichen Tode meines Sohnes erfuhr ich, dass er mit Ihnen liiert war. Ich zog Erkundigungen ein und brachte in Erfahrung, dass Sie sich als männlich ausgegeben hatten, aber tatsächlich ein Mädchen waren. Er war schwul und stand auf Jünglingen. Er hasste alle Frauen und sprach ihnen dieselben Eigenschaften zu, die er bei seiner Stiefmutter erfahren hatte. Dann sagte man mir, dass Sie beide im Verbindungshaus übernachtet und es dabei einen wilden Eklat gegeben hätte. Meine zweite Frau, ich muss das ergänzen, war unfruchtbar und bekam keine Kinder. Sie hatte es mir bei einem Streit höhnisch ins Gesicht geschleudert.

Ich habe es geglaubt. Es war für mich ein herber Schlag, als sie mir das sagte. Ich plante als Kompensation eine geistige Existenz aufzubauen, die über meinen Tod hinaus reichen sollte. Ich wollte in das Sternenmeer der Götter aufgenommen werden. Götter sind nicht sterblich. Es war meine Flucht auf die Enttäuschung, ohne Nachkommen zu bleiben. Jeder Mann wünscht sich wenigstens ein Kind, das sein Werk fortsetzt. Wir wollen Zukunft und nicht das Ende der Welt. Ich begann zu schreiben und hoffte, dass es mir Unvergänglichkeit garantiert. Dann wurde mir zugetragen, dass Sie Aviel geboren hatten. Ich griff nach dem Strohhalm und änderte meine hochfliegenden Pläne. Ich entschloss mich, ihren Buben als Nachfahren anzuerkennen und in meine Familie aufzunehmen. Er sollte meine Erfolge und mein Werk fortsetzen und in die Zukunft tragen. Ich bin damals davon ausgegangen, dass die Welt nicht für den Menschen geschaffen worden ist. Der Mensch wird in sie hineingeworfen und kann sie nur durch Vernunft und Aktivität so gestalten, das sie zu seiner Heimat wird. Er muss sich Sicherheit, Achtung, Wissen und Verstehen erkämpfen. Das kann er nur durch Begabung, Ehrgeiz und Rücksichtslosigkeit erreichen. Das hat man mir in der Schule eingeimpft. Als Sie mir Aviel nicht überließen, wurde ich von meiner Egozentrik überflutet. Mein ganzes Denken und Trachten zielte darauf ab, Sie und Ihre Familie zu zwingen, Ihr Kind mir anteilig zu überlassen, notfalls mit Gewalt. Mein Ziel war, Sie klein zu kriegen, damit der Junge mit mir verwandt ist. Ja, ich bejahte, mit allen Mitteln dieses Ziel zu erreichen und war gewillt, selbst über Leichen zu gehen. Der erste Schritt war, dass ich meinen Einfluss ausnutzte, damit Ihr Vater keine Aufträge mehr bekam, keine Kredite und keine anderweitige Arbeit. Ich verbreitete Lügen über ihn, er wurde geächtet. Ich erreichte aber mein Ziel nur teilweise. Die Gerichte lehnten meine Geschichte von der Verwandtschaft mit Aviel als unbewiesen ab. Irgendwann flog ich mit meinem Privatflugzeug nach München, um dort mit einem bekannten Rechtsanwalt die Rechtslage zu besprechen. Ich stieß im Hinflug auf eine Nebelwand, verlor die Übersicht und weiß nur noch, dass mein Flugzeug an Höhe verlor, Bäume streifte und es krachte. Es war die Hölle. Ich wirbelte wie eine Schneeflocke durch den Raum und verlor das Bewusstsein. Ich wachte in einem fremden Bett auf und wusste nicht, was geschehen war und wo ich bin. Eine Krankenschwester teilte mir mit, dass ich in einem Krankenhaus bin. Ich hatte schwere Verletzungen erlitten. Man sagte mir, dass man mir die Beine und den linken Arm amputieren musste, dass meine Wirbelsäule beschädigt worden sei und meine Lunge sich Quetschungen zugezogen habe. Das Oberlandesgericht wies in der Zeit meines Krankenhausaufenthalts meinen Anspruch auf das Kind zurück. Ihre Mutter, Sie und Aviel überstanden den Tod Ihres Vaters. Ich aber lag über Monate in Krankenhäusern und Rehabilitationseinrichtungen. Mein Leben wurde nicht gewalttätig abgekürzt, ich bin in Sequenzen gestorben. Die Schockwirkung des Unfalls und seine Folgen veränderten mich körperlich und seelisch. Zunächst verschloss ich mich und wich allen Gesprächen aus. Psychologen bemühten sich um mich, stießen aber auf meine Abwehr und meinen Widerstand. Ich wollte nicht wahrhaben, dass ich selbst es war, der mein Leid heraufbeschworen hatte. Meine zweite Frau trennte sich von mir mit den Worten, sie könne mit einem Krüppel nicht zusammen leben. Sie war die erste, die mich verließ. Ich lag hilflos im Bett oder im Lehnstuhl. Freunde visitierten mich, versuchten mich mit Plattitüden zu trösten und blieben fern, als sie die Unangemessenheit ihrer Worte spürten. Am Ende war ich vereinsamt. Leere umgab mich und ich schrie innerlich gegen die Leere. Nur mein Geld half mir, ich kann mir einen Butler leisten. Ohne fremde Hilfe kann ich nicht aufs Klo, bin nicht fähig, mich zu waschen, anzuziehen, zu essen, aufzustehen. Immer bin ich auf einen anderen Menschen angewiesen. Ich war überzeugt, bald zu sterben und erwartete den Tod. Ich versank in die Öde der Sinnlosigkeit alles Seienden und empfand das Leben unerträglich. Ich bat meinen Arzt, mir Gift zu geben. Ich sei körperlich nicht in der Lage, mich selbst aus eigener Kraft umzubringen. Er lehnte ab. Er sei kein Henker. Das willkürlich herbeigeführte Ende eines Lebens sei der Anfang eines unaussprechlichen Verbrechens. Wenn einmal das Töten durch den Staat rechtens sei, kenne es kein Ende mehr. Das lehre die Geschichte. Ich argumentierte, es sei mein Persönlichkeitsrecht. Wer sterben wolle, müsse sterben dürfen, unabhängig von Alter und Gesundheitszustand. Der Staat müsse mir dabei assistieren. Das sei geltendes Recht. Er stellte die Gegenfrage, wie viel moralische Schuld die Verantwortlichen und seine Repräsentanten noch auf sich laden wollten. Hätten politische Ideologen noch nicht genug Nichtgeborene, Kinder und Erwachsene getötet? Reichten Millionen Toter nicht aus, solche Anmaßung zu widerlegen? Wer sittliche Normen

verordne und damit das Töten gut heiße, setze die moralische Verantwortung des Individuums außer Kraft. Jeder Mensch durchlaufe Phasen des Sterbewunsches, das sei eine Voraussetzung der Entwicklung von Persönlichkeitsreife.
Ich wünschte mir gleichwohl meinen Tod, erwartete ihn und pfiff auf die angebliche Persönlichkeitsreife. Ich lag im Bett und wartete. Aber das Sterben kam nicht. Es ließ sich Zeit. In Erwartung des Todes bekam für mich das Dunkel des gelebten Augenblicks eine philosophische Wurzel. Ich hatte Zeit zum Denken und mein Denken drang in andere Sphären. Ich entwickelte mich geistig und merkte es nicht. Ich möchte Ihnen meine Entwicklung verständlich machen, wie kann ich es in Worte fassen?"
Er hielt in seinem Redefluss inne und überlegte eine Weile. Dann fuhr er fort:
„Ich spürte den neuen Tag und ein neues Ufer und konnte es nicht benennen. Es war ein vergrabenes Geheimnis, das ich zu entdecken suchte wie der blinde Goldgräber nach dem Schatz. Ich steigerte

mich in das Gefühl, dass mich keiner versteht. Alle meine Überzeugungen entwerteten sich, Gott war abhanden und kein Glaubensbild ermutigte mich. Allmählich wurde mir mein psychischer und körperlicher Zustand bewusst. Ich begann, mich meinen realen Chancen zu stellen. Ich malte mir meine Zukunft als Krüppel aus. Angst lähmte mich bei dieser Vorstellung. Mein bisheriger Existenzgrund löste sich auf. Die Fülle des Lebens schien mir verloren, ich gab es auf, die Wirklichkeit noch gestalten zu können. In der Angst begegnete mir das Nichts, mein eigenes Nichts. Wer bin ich, was bin ich, wohin gehe ich? Furcht überrannte mich. Ich sah mich Gefahren ausgesetzt und wusste nicht, woher sie kommen. Mit der ungegenständlichen Angst verfehlte ich mich selbst. Ich suchte Halt und Auswege, wollte fliehen und wusste nicht, wovor und wohin. Ich geriet in einen Zustand der Verwirrung und griff nach dem Irrationalen. Ich bekam Albträume, Sterbensfurcht, Verarmungsfurcht, Wahnsinnsfurcht, Angst vor der Dunkelheit und vor geschlossenen Räumen. Die Menschen wurden mir zu Feinden. Ich versuchte, meine Angstzustände und Furchtanwandlungen zu überspielen, aber sie überfielen mich aus heiterem Himmel und je mehr ich dagegen ankämpfte, umso mehr konservierte ich sie und konnte mich von ihnen nicht befreien. Glauben Sie mir, die Angst unterliegt nicht der Vergänglichkeit, sie ist allen Menschen gegenwärtig oder wird von ihnen unterdrückt. Die Wirklichkeit des Menschen ist die unausgesprochene Angst vor dem Sterben. Irgendwann resignierte ich, gab die Phase des inneren Widerstands auf, und erlebte, dass mich die Angst zu einer tieferen Selbstbestimmung aufrief. Ich erkannte, wer vor der Angst flüchtet, entfernt sich vor seiner eigentlichen Bestimmung. Mit der krampfhaften Abwehr der Angst betrügen wir uns selbst. Wir müssen uns ihr stellen. Es ist nicht Mut, Tapferkeit oder Heroismus, der uns dabei auszeichnet. Der Mensch muss sich dem geheimen Unausgesprochenen ausliefern, um so auf den Existenzgrund seines selbst zu kommen. Das ist verbunden mit Gegenwehr, Aufbegehren und Widerstand. Ich begriff nach und nach mein präsentes Sosein. Ich bin ein Stückchen Fleisch, zusammen geflickt von Ärzten, dem Ebenbild Gottes nicht mehr ähnlich. Sehen Sie mich an! Schauen Sie auf mein Gesicht. Es ist grausam entstellt, jagt Schrecken und flößt Furcht ein. Wenden Sie sich nicht ab, halten Sie diesen Anblick aus? Es ist eine Teufelsfratze, wie es beim Karneval gezeigt wird. Nichts Menschliches ist sichtbar. Ein Auge fehlt, das andere sitzt tiefer. Die Narben sind aufgeplustert, die Mundwinkel verzogen, die Ohrläppchen sind asymmetrisch, ein Wangenknochen fehlt und höhlt das Gesicht aus. Das Kinn sitzt schief, einige Zähne fehlen und lassen sich nicht richten. Ich kann den Mund nicht schließen. Keiner wagt mein Äußeres anzusprechen, ein Blick auf mich und jeder erstarrt. Manche sind überzeugt, dass ich das Böse persönlich bin. Und was löst meine widerliche, scheußliche Fratze

bei Ihnen aus, Frau Merz?"
Sie blickte ihn an.
„Es schaudert mich und ich leide mit Ihnen. Doch bedenken Sie, dass das Leben vielfältig ist. Uns begegnen Leid und Glück, Erfolg und Niederlage, Abschied und Wiedersehen, Wahrheit und Lüge, Liebe und Hass und so manches andere. Die Frage ist, was wir daraus machen. Richten wir uns an diesen Erfahrungen auf oder geben wir auf? Finden wir zur Tatkraft oder erleben wir uns machtlos? Versinken wir in Selbstmitleid oder kämpfen wir um eine neue Sicht. Herr Hoch, was haben Sie aus Ihrem Aussehen gemacht!"
Herr Hoch fixierte Sie gedankenverloren und dachte: „Sie denken an das Hier und Jetzt. Auch daran, dass Ihre Leiche von Würmern gefressen wird oder durch Feuer in Staub zerfällt?"
Aber er behielt für sich, was er gerade dachte. Statt dessen setzte er nach einer längeren Pause fort:
„Nach der leidlichen Genesung wollte ich aus der Nacht und ohne Aufschub und

Ferne in das volle Leben und bestimmen, was mich bestimmt. Das war meine vergangene Illusion. Sehr bald gab ich mich auf und fügte mich meinem Schicksal, ließ meine ungesättigten Wünsche und unstillbaren Leidenschaften hinter mir und verabschiedete mich vom bisherigen Leben und den Todeswünschen. In scheinbar ausweglosen Situationen, so sind Menschen überzeugt, gibt es keinen endgültigeren Weg, als aus Verzweiflung den Tod zu wählen. Ist der Tod nicht das beste Mittel, alle Mühsal hinter sich zu lassen? Ich setzte mich mit meinem körperlichen Ableben auseinander und fragte mich, stirbt der Mensch als Ganzes oder stirbt er nur in Teilen. Ich kam zu der Erkenntnis, dass der Tod nicht die letzte Gegebenheit von menschlicher Existenz ist. Die Feststellung, nach dem Tode kommt das Nichts, erfasst nicht das Spezifische des menschlichen Todes. Der Tod ist nicht das Letzte. Es bagatellisiert, distanziert, entpersönlicht, entmächtigt und verachtet die Bedeutung des Todes. Der Mensch ist ein Leibwesen und ein

Geistwesen. Nach christlicher Lehre beendet der Tod sowohl die Geistseele des Menschen und löst den Körper auf, lässt ihn zu Staub werden. Die Einzelexistenz des Menschen wird leiblich und geistig vollständig durch den Tod beendet. Die Materialisten behaupten, der Mensch sei nichts weiter als Materie und der Geist die höchstentwickelte Funktion der Materie. Mit dem Ende des pulsierenden Lebens sterbe auch der Geist. Ich meine, das ist nicht die Wahrheit. Energie verschwindet nicht einfach ins Nichts. Das einmal Gedachte weist in die Zukunft. Das Sterben ist Verwandlung und bringt das Neue, das Nächste, das Übernächste, das Unvorstellbare mit sich. Das Gedachte, der Geist, lebt fort und verendet nicht. Weil der Mensch auch ein Geistwesen ist, lässt sich sein Sein als Dasein zum Tode bestimmen. Sehen Sie mich an. Welch erbärmlicher Anblick ist mein Körper. Und doch lebe ich. Ich lebe geistig, ich bin lebendig und werde eine Idee, einen Sinn, eine Gesinnung, eine Absicht hinterlassen. Mit unserer Geburt sind für den Menschen zwei Möglichkeiten angelegt. Der Tod des Leibes und der Tod der Seele. Den Anruf Gottes zum Tode zu vernehmen und darauf bejahend zu antworten, ist die Freiheit des Menschen. Dieses Bereitsein ist das wahre Menschsein. Mit dieser Freiheit schwindet der drohende Aspekt des Todes und eröffnet uns ein neues Leben. Wir leben geistig weiter. Ich bin diesen Weg gegangen und wie Paulus auf dem Wege nach Damaskus durch Angst und Todespein ein anderer geworden. Ich erwarte den Tod mit fröhlichem Herzen, denn meine Seele, Sie können auch Geist sagen, wird in Ewigkeit weiterleben. Es ist der leichte Atem des Kosmos, der sich mit mir verbindet. Diese Erkenntnis kam mir im Anblick der Größe des Sternenhimmels, der Gewalt des Meeres und der Weite der Landschaft mit unabweisbarer Plötzlichkeit. Es war eine religiöse Erfahrung des Carpe aeternitatem in momento, die mich ergriff. Es war der Augenblick, in dem ich meine Gier nach Macht, Geld und Ansehen abgelegt habe und mir bewusst wurde, dass mein vergangenes Streben nutzlos und eitel war. Es war der Moment, in dem die Sprache fremd wird und nicht auszudrücken vermag, was wir denkfühlen. Es kommt darauf an, welche Ewigkeitsideen wir leben. Frau Merz, ich stehe in Ihrer Schuld und nehme sie an. Ich trage eine Mitschuld am Tode Ihres Vaters und bekenne mich dazu. Ich werde ihm bald folgen. Schuldig sein ist etwas Unvergängliches. Sie sind jung, wenn Sie an den Tod denken, haben Sie die schrecklichsten Vorstellungen. Der Tod ist die Wahrheit und die Wirklichkeit für unser Dasein, aber für unser tägliches Leben dennoch nicht real. Wir stehen in Pflichten und Gefühlen und haben ihn im Tageswerk vergessen. Wir schwanken ständig zwischen Tiefe und Leichtigkeit des Lebens. In der Traurigkeit ist uns der Tod gegenwärtig, in der Freude ist er uns aus dem Gedächtnis verschwunden. Genießen Sie Ihr Leben, die Freuden des Leibes und der Seele. Für unser Leben gilt nur eines. Ehrlich gegen uns selbst zu sein. Glauben Sie nicht den Goldmachern, den

Propheten und Geistersehern, die alles versprechen und nichts halten. Freiheit, Gerechtigkeit und Wahrheit sind geistige Werte und nicht irdische. Sie sterben nicht, sie haben Ewigkeitscharakter. Wir können die Menschen nicht besser machen als sie sind. Es steht nicht in unserer Macht, die Welt ins Paradies zu führen. Wir können nur dafür sorgen, dass unsere Erde, unsere Heimstatt, nicht untergeht und die Kraft des heilenden Geistes die Zukunft bestimmt. Das war der schmerzliche Weg zu meiner Erneuerung, so habe ich neue Wurzeln geschlagen. Ich versuche, in der Wahrheit zu leben. Damit dieser Boden nicht Morast ist, sondern Humus, muss ich ihn unermüdlich umgraben."

Er hielt nochmals inne, atmete tief und sagte mit heiserer Stimme: „Frau Merz, an einer Stelle meines Lebensberichtes waren Sie erstarrt und haben geschwiegen. Ich hatte Ihnen beschrieben, welche Tötungsgedanken ich nach Konflikten gegen meinen Sohn hatte. Kurz vor seinem Tode hatte ich mit meinem Sohn wieder eine heftige Auseinandersetzung.

Ich warf ihm vor, mit meinem Gelde alle Annehmlichkeiten des Lebens schamlos zu kaufen, aber selbst nichts zu leisten und Recht und Unrecht zu missachten. Er warf mir dagegen vor, nur an Profit zu denken und die Würde des Menschen, seine Unversehrtheit und Lebensgestaltung zu negieren. Menschen seien für mich nur Sklaven, die ich maximal ausbeuten würde. Er hatte recht. Wir trennten uns mit Demütigungen und Beleidigungen. Ich jagte ihn mit Schimpf und Schande aus dem Haus, er verfluchte mich. In meiner nicht nachlassenden Wut schlich ich mich nachts zu seinem Auto und manipulierte die Lenkung seines Mascrati. Ich war dabei freudig erregt und stellte mir vor, wie er einen Unfall verursacht und danach zu mir kommt und um Geld bettelt. Ich hätte es ihm abgelehnt. Danach legte ich mich zu Bett, konnte aber nicht schlafen. In der Frühe desselben Tages kam er betrunken nach Hause. Ich hörte ihn Trinklieder grölen und lauschte. Dann vernahm ich, wie er die Tür des Maserati zuschlug, den Motor

startete und aus der Garage fuhr. Einen Herzschlag lang hatte ich den Impuls, ihn zurück zu halten. Er lenkte das Auto vor das Tor. Zwölf Sekunden blieben mir, bis die Automatik das Tor geöffnet haben würde. Ich blieb wie versteinert im Bett liegen und dachte, soll das Schicksal über ihn entscheiden. Er gab Gas und verließ mit quitschenden Reifen den Hof. Ich fühlte mich erleichtert und hoffte, dass er leicht verunglücke. Eine Stunde später teilten mir zwei Polizeibeamten mit, dass er in eine Schlucht gerast und in den Flammen des Autos verbrannt sei. Sie befragten mich, ich bestritt meinen Anteil am Unfall. Ich empfand den Tod meines Sohnes als seine gerechte Strafe. Doch mit der Zeit begannen meine Gewissensqualen. Das Blut meines Sohnes schrie zum Himmel und ließ mir keine Ruhe. Was helfen Erkenntnisse, wenn die Schuld in der Seele brennt und ein Bekenntnis verschwiegen, nicht ausgesprochen und nicht gesühnt wird."
Herr Hoch lehnte sich erschöpft zurück. Stephanie war von seiner Beichte

erschüttert und verstand nur einen Teil seiner vorherigen Ausführungen. Sie schwieg. Sie dachte in diesem Augenblick an ihren Vater und begriff, warum er sich suizidiert hatte. Er hatte in scheinbar auswegloser Bedrängnis die Stille des Todes ersehnt. Und Herr Hoch?

Die gegenwärtige Situation nach dem Geständnis von Herrn Hoch war grotesk. Aviel hatte vom Butler ein Puzzle erhalten und setzte es auf einem Nebentisch zusammen. Er sang leise vor sich hin:
Geh aus mein Herz und suche Freud
In dieser schönen Sommerzeit
An deines Gottes Gaben
Schau an der schönen Gartenzier
Und siehe wie sie dir und mir
Sich ausgeschmücket haben.
Der Butler Martin stand hinter dem Jungen und tat, als ob er nichts gehört hätte.
Stephanie war erbleicht und schwieg.
Herr Hoch lehnte sich mit geschlossenem Auge in seinen Stuhl zurück.
Keiner der Anwesenden ging auf das

Geständnis ein. Es hatte sie erschlagen und mundtot gemacht. Herr Hoch richtete sich nach einiger Zeit auf und summte die Melodie von Aviel mit. Dann sagte er unvermittelt:

„Ich will für Ihre Familie, für Sie und für Aviel da sein so gut ich kann."

Steffi reagierte auf seine Worte nicht, aber sie spürte, wie ihr Herz heftiger schlug. Sie hatte insgeheim auch einen Entschluss gefasst und wandte sich den erdenen Dingen zu:

„Aviel, bringe doch Deinem Großvater den Text des Liedes bei! Ich glaube, er liebt Musik."

Dann drehte sie sich dem Butler zu:

„Gibt es in diesem Hause einen Flügel? Wenn nicht, dann wird es höchste Zeit, einen zu kaufen." An Herrn Hoch gerichtet: „Ihr Enkel ist sehr musikalisch. Er lernt das Klavierspielen und ist Solosänger beim Bachchor."

Da huschte zum ersten Male ein Lächeln über sein entstelltes Gesicht. Er winkte Aviel zu sich heran und neigte sich ihm zu.

„Wir gehören zu einer Familie. Du wirst

mein Erbe sein, materiell und geistig.
Ich habe meinen Sohn durch meine Schuld verloren und Dich gewonnen. So fügt sich das Eine in das Andere und bestimmt unser Leben. Wir sind Handelnder und Leidender, Lenker und Gelenkter zugleich. Heute ist ein freudiger und befreiender Tag für mich. Noch heute werde ich mein Testament aufsetzen, morgen werde ich mich der Staatsanwaltschaft stellen. Meine innere Einstellung hat mich schuldig gemacht und mein Tun gesteuert. Ich war darauf bedacht, falls nötig, mit Gewalt Macht auf meine Mitmenschen auszuüben. Ich wünsche nachträglich oft, so nicht gewesen zu sein und bin doch dafür verantwortlich. Dafür zu büßen ist die letzte und größte Bewährung meines Lebens."
Stephanie fragte: „Darf ich Sie zur Staatsanwaltschaft begleiten? Ich möchte in diesen schweren Stunden bei Ihnen sein." Er blickte sie erstaunt an.
„Ich habe es mir gewünscht und nicht gewagt, Sie darum zu bitten."
„Ich stehe Ihnen nahe, das ist die

Heimlichkeit unserer Beziehung. Sie soll auch nicht ausgesprochen werden."
Zu Hause angekommen, ging Stephanie das Gesagte von Herrn Hoch immer wieder durch den Kopf. Es versetzte sie zwei Tage lang in innerer Aufgeregtheit. Sie hatte ihn nur von der edelsten Seite erlebt. Darüber hinaus konnte und wollte sie sein Streben und Handeln nicht beurteilen. Sie maßte sich nicht an, seine Tat zu bewerten. Sie nahm an, das sie von einem jahrelang angestauten Affekt bestimmt wurde. Oder lenkte ihn die Triebfeder eines giftigen Hasses? Es war nicht leicht, seine Feindseligkeit gegen den eigenen Sohn zu verstehen. Mit seiner Abneigung gegen seine sexuelle Orientierung musste Andre rechnen. Sie wurde von seinem Vater hingenommen, aber nicht in seiner süchtig narzistischen Ausprägung.
Am Tage der Vorladung beim Staatsanwalt stand Stephanie in aller Frühe auf. Sie wollte pünktlich sein. Sie fuhr mit ihrem Auto entlang der Wiesen des gewundenen Flüsschens, die vom Morgentau feucht

waren und an deren Gräsern es funkelte wie bei einem Kristall. Wildblumen streckten sich der Sonne entgegen, in der Ferne erstreckte sich ein dunkelgrüner Waldsaum, der sie märchenhaft unwirklich anmutete. Sie hielt an. Die Landschaft gewann in ihrer Stille Gewalt über sie und tiefe Andacht ergriff ihre Seele. Es bemächtigte sich ihrer das Gefühl großer Erwartung. Sie stieg aus und pflückte von der Wiese Blumen. Als sie über die Wiesen und über den Fluss schaute, sah sie ein Weib, das vor den Bäumen wie von Flügeln getragen auf und ab schwirrte. War es ein Blendwerk? Sie fixierte die Erscheinung und erkannte bei der Frau die blühenden Lippen, den glühenden Schein ihrer Augen, ihre wallenden Haare und ihre zerfließenden Glieder. Stephanie hielt an und lenkte ihre ganze Aufmerksamkeit auf das Phänomen. Doch da löste sich das Weib langsam auf und formte sich zu einem schwarzen Kreuz. Es wuchs in die Höhe und überragte bald den Wald. Die Strahlen der Sonne verstärkten den Umriss des

Symbols. Wie von Geisterhand wurde das Kreuz von roten Rosen umkränzt. Sie nahm mit Staunen diese wunderbare Metamorphose wahr und war sich unschlüssig, ob sie ihren Augen trauen sollte. Ihr erschloss sich unbewusst der Bedeutungsgehalt des Sinnbildes. Das Kreuz stand stellvertretend für Abschied und Schmerz, die Rosen für Leben und Liebe. Sie erschauerte. Sie lief zum Auto, startete es und erreichte nach wenigen Minuten die Villa von Herrn Hoch. Sie hielt an, stieg aus, zögerte, klingelte und der Butler Martin empfing sie. Er begrüßte sie nicht und sagte nichts. Er antwortete nicht, blieb stumm und begleitete sie ins Wohnzimmer. Herr Hoch saß zurückgelehnt in seinem Stuhl. Das Testament lag auf seinem Schoß. Stephanie trat näher. Sie erkannte, dass er tot war. Er lächelte und sein Gesicht leuchtete in der Tageshelle diamanten. Sie harrte reglos aus und eine Aufwallung von Zärtlichkeit für den Toten durchströmte sie. Sie würde das Bild von von ihm als klar und rein bewahren. Sein

Schuldbekenntnis klang in ihr nach und sie reflektierte, wie viel Mut dazu gehört, sich dazu zu bekennen. Sie gestand sich ein, dass sie froh war, dass er nicht einem irdischen Gericht überantwortet und der menschlichen Gerechtigkeit durch seinen unerwarteten Tod entzogen wurde. Ihr wurde bewusst, dass sie in der Situation seines Geständnisses nicht ermaß, was sie für ihn gewesen war. Beichtvater? All das, was ihm in seinem Leben wert war, hatte er ihr anvertraut. Sie bekam das Gefühl von traumartiger Unwirklichkeit und vermeinte, dass sein Geist durch den Raum wehe. Ergriffenheit und Ehrfurcht stiegen in ihr auf. Sie kniete sich nieder und betete für ihn. Da stieß jemand die Tür gewalttätig auf. Es war Aviel, der im Türrahmen stand. Er schrie froh gestimmt: „Opa hat mir einen Flügel geschenkt. Danke, danke Opa, ich werde Dir damit viel Freude machen und Dir damit den Kelch des Lebens reichen."

Der Sturz des Adlers

Mehmed stürmte erregt durch die Eingangstür und schrie: "Er hat sie umgebracht, er hat sie umgebracht."
Schwester Ilona versucht ihn aufzuhalten, er stieß sie beiseite, rannte durch den Korridor und blieb vor dem Zimmer von Dr. Fiedler stehen. Er zog ein Buschmesser aus der Scheide und trat die Tür zum Sprechzimmer von Dr. Fiedler mit dem Fuß auf. Dr. Fiedler stand mit seinem Assistenzarzt vor einem Röntgenbild. Mehmed schwang das Messer über seinen Kopf, sein Körper bebte, die Augen waren rot unterlaufen und er brüllte:
„Sie ist tot, Du hast sie getötet, Du wirst in die Hölle fahren, Du bist ein toter Mann, Dir soll gleiches widerfahren."
Dr. Fiedler blickte auf und fragte ruhig:
„Wen meinst Du, wen habe ich getötet?"
„Meine Tochter, mein einziges Kind. Wie

konntest Du das tun?"

„Ach die kleine Samela. Welch ein hübsches Mädchen. Sie lebt, sie lächelt wieder und wartet auf Dich. Bist Du der Vater? Gott hat ihr das Leben zum zweiten Male geschenkt. Aber wenn Du meinst, ich habe den Tod verdient, so tue Dein Werk. Ich sehne mich danach, vor Gottes Angesicht zu treten. Ich warte täglich darauf." „Worauf wartest Du?"
„Auf den Tod."
Mehmed stutzte einen Augenblick, ließ das Messer sinken und forderte:„Bringe mich zu Samela! Ich will sie sehen!"
Sie verließen das Sprechzimmer, voran Dr. Fiedler, hinter ihm mit dem Messer in der Faust Mehmed, dann der Assistenzarzt. Sie betraten das Patientenzimmer, es war ein langgestrecktes Gemach, eigentlich mehr eine Bude. Ein Bett war rechts und links neben dem anderen aufgereiht, es stank nach Blut, Eiter, Kot, es gab nur wenige und kleine Fenster, die Hitze war erdrückend. Die Patienten waren bunt gemischt, neben Mädchen und Frauen lagen Männer, Angehörige fütterten

ihre Liebsten, Sterbende röchelten. Das Krankenhaus selbst war ein Holzbau in Fallou, Kreis Nara im Staate Mali in der Mitte von Afrika. Der kleine Tross erreichte das Bett, in dem Samela lag. Sie sah ihren Vater und rief laut und beglückt: „ Papa, Papa."
Das Buschmesser fiel Mehmed aus der Hand, er stürzte sich auf seine Tochter, umarmte sie, schluchzte und weinte. Noch bevor er sich aus der Umarmung gelöst hatte, betraten zwei Polizisten den Raum, klopften ihm auf die Schulter und zwei weitere Beamten führten den Weinenden aus dem Krankenzimmer. Der Vorgang vollzog sich schnell, Mehmed wehrte sich nicht und Samela verfolgte die Verhaftung ihres Vaters mit großen schreckhaften Augen. Eine Schwester des Krankenhauses hatte das aggressive Eindringen des Vaters in das Krankenhaus der Polizei gemeldet. Am nächsten Tage suchte Dr. Fiedler abends die Polizeiwache von Fallou auf. Er genoss bei den Bürgern der Kleinstadt hohes Ansehen. Er bat, den Polizeichef sprechen zu dürfen, wurde

auch sofort vorgelassen und freundlich begrüßt.

„Welch eine Ehre, Sie bei uns zu sehen. Darf ich Ihnen einen Kaffee anbieten? Was führt Sie zu uns? Ich vermute, es ist der gestrige Vorfall, den ich sehr bedaure. Sitzt Ihnen der Schreck noch immer in den Gliedern?"

„Nein, nein, Herr Präsident. Ich wollte zwar den gestrigen Fall mit Ihnen besprechen und Sie bitten, das Ermittlungsverfahren gegen den Mann einzustellen. Die Sache verhält sich wie folgt. Seine Tochter Samela geht in unsere Schule. Nach dem Unterricht hat sie in meinem Garten geschaukelt, ist weit hoch geflogen, sie bekam Angst und fiel von großer Höhe auf die Erde. Sie zog sich eine schwere Gehirnerschütterung zu und war einige Zeit bewusstlos. Man trug sie in unser Krankenhaus und benachrichtigte den Vater des Mädchens. Er hatte nichts Eiligeres zu tun, als den Schamanen aufzusuchen. Und der sagte ihm, im Krankenhaus würden sie seine Tochter töten, wenn sie nicht schon

tot sei. In unserer Gegend regiert noch immer der Aberglaube. Herr Präsident, Sie müssen wissen, dass Samela sein einziges Kind ist. Als der Medizinmann Mehmed im guten Glauben die Hiobsbotschaft verkündete, übermannte ihn der Zorn und die Verzweiflung. Er glaubte dem Zauberer, denn die Leute hier sind noch immer ihrer Kultur verbunden, rannte nach Hause, ergriff sein Buschmesser und hetzte so schnell er konnte in das Krankenhaus zu mir. In der Tat, er wollte mich umbringen, falls seine Tochter nicht mehr lebt. Ich beruhigte ihn und brachte ihn zu seiner Tochter. Er war erschüttert und brach in Tränen aus, als er seine Samela wohlbehalten sah. Seine Freude dauerte nur kurz, er wurde von Polizisten verhaftet und abgeführt. Ich bin Zeuge, dass er mich nicht bedroht hat. Er ließ sich schnell beruhigen, vergaß seinen Zorn und wir suchten gemeinsam seine Tochter auf. Lassen Sie ihn frei und stellen Sie das Verfahren ein!"
Der Polizeivorsteher schaute den Doktor nachdenklich an.

„Sie sind ein guter Mensch, das weiß ich. Und Mehmed ist sehr jähzornig, das weiß ich auch, wenn auch ein guter Bürger unserer Stadt. Nach vorliegenden Aussagen hat er gesagt, dass er Sie töten wollte, wenn seine Tochter im Krankenhaus verstorben wäre. Wer sagt die Wahrheit? Ich müsste noch die anderen Zeugen hören, das verlangt mein Amt, aber ich glaube Ihnen. Zahlen Sie zwanzig Franc und die Sache ist erledigt."
Dr. Fiedler erhob sich, schob dem Präsidenten das Geld über den Tisch und bedankte sich. "Sie sind klug und weise, Allah sei mit Ihnen."
Er verbeugte sich, verließ das Büro und schlenderte befriedigt durch die Stadt in sein Haus. Er hatte es nicht für möglich gehalten, so billig die Sache beenden zu können.
Sein Haus war eine ärmliche Hütte. Es war aus Holz errichtet, hatte einen kleinen Vorgarten und einen kärglich möblierten Wohnraum, in dem er kochte, schlief und wohnte. Sein Mobiliar bestand aus einem roh gezimmerten Regal mit einigen

Büchern, einem Tisch mit vier Stühlen, einem Bett und einem Brett, auf dem zwei Kochtöpfe, vier Teller, Besteck und Tassen standen. Eine Öllampe und ein aus Backsteinen errichteter Ofen mit zwei Kochstellen ergänzten die Einrichtung.

Der Arzt zündete Feuer an, holte Wasser aus der Zisterne und bereitete sich einen Tee. Er nahm ein Buch aus dem Regal, las, schlürfte Tee und sah aus seinen Augenwinkeln einen Schatten in der offenen Tür seines Hauses stehen. Er konnte nicht erkennen, wer es war, denn die Sonne blendete ihn. Er war unangemeldete Besuche gewohnt und forderte den Fremden auf, näher zu treten. Es war Mehmed, der zögernd die Hütte betrat und sich umsah. Dr. Fiedler bat ihn, Platz zu nehmen. Mehmed blieb stehen und äußerte stockend:

„Mister Doktor, verzeihen Sie mir, aber ich war gestern sehr erregt, verzeihen Sie mir. Ich wollte mich bedanken.Vielen Dank, dass Sie beim Präsidenten für mich gesprochen haben."

Der Doktor erkannte, wie schwer diesem

Mann die Worte fielen. Er schätzte ihn als als ehrliche Haut ein. Er betrachtete ihn einen Augenblick und sagte:
„Ist nicht der Rede wert. Setzen Sie sich doch und trinken mit mir eine Tasse Tee. Ein wenig Plauderei ist immer gut."
Mehmed ließ sich auf einen Stuhl nieder. Der Doktor servierte ihm schweigend eine Tasse Tee. Beide Männer verloren über Minuten kein Wort. Dann ergriff Mehmed die Initiative:
„Mister Doktor, ich dachte immer, dass ein Doktor sehr reich ist."
„Nein, das bin ich nicht. Was Sie sehen ist alles, was ich habe."
„Und warum sind Sie in unserem Lande und leben wie ein Bettelmönch?"
„Das ist eine lange Geschichte und wenn wir vertraut sind, erzähle ich sie Ihnen. Ich rätsele, was hat Sie gestern so erregt?"
„Auch das ist eine lange Geschichte. Aber ich habe zu Ihnen Vertrauen und werde sie Ihnen anvertrauen. Ich baue dabei auf Ihr Stillschweigen."
Er überlegte und begann zu erzählen:

2

„Mein Vater wurde von seiner Frau verlassen. Er hat nie wieder geheiratet. Er war Bierfahrer. Ich erinnere mich sehr gut daran, dass ich mit ihm als Kind zu Kunden gefahren bin. Das Trinkgeld, das er bekam, hat er mir gegeben. Es war wohl Schweigegeld. Ich habe miterlebt, wie er sich mit anderen Frauen getroffen hat, ich musste dann draußen vor der Tür auf ihn warten. Sein Fernbleiben dauerte nicht lange und wurde mir schmackhaft gemacht, weil die Damen mir Bonbons oder etwas Geld gaben, damit ich der Mutter nichts erzähle. Das habe ich aber doch getan. Vater hat sehr viel getrunken. Er saß ja an der Quelle. Er hat das verdiente Geld vertrunken, meine Mutter hatte häufig kein Geld. Ich weiß noch, wie sie zu anderen Familien gehen musste, um sich dort Geld zu leihen. Wir waren wegen seiner Trunksucht sehr arm, meine Schwester und ich hatten öfter nichts zu essen. Wir schliefen mit der Mutter auf dem Erdboden und weinten oft vor Hunger. Schon als Kind bettelte ich auf der Straße oder ging für wenig Geld arbeiten, auf Tennisplätzen, als Laufbursche, als Hotelboy oder so. Ich kenne meine Mutter nur traurig. Sie weinte oft. Dann schmiegte ich mich an sie und sie schloss mich in ihre Arme. Wir weinten zusammen und so trösteten wir uns. Ich meine, dass sie eine sehr hübsche Frau war. So habe ich sie in Erinnerung. Sie war schwarz, schlank, ihre Haare waren in zwei Zöpfe geflochten und ihre Augen liebkosten mich. Als kleiner Junge versicherte ich ihr immer wieder, dass ich sie heirate, wenn ich groß bin. Nachts umarmte sie mich, wärmte mich und ich fühlte mich glücklich. Alles an ihr war weich, zärtlich und gut. Als ich neun oder zehn Jahre alt war, verließ sie mich. Als ich morgens aufwachte, war sie nicht mehr da. Ich rief nach ihr, ich suchte sie, fand sie aber nicht. Ich durchkämmte die ganze Stadt und die Umgebung, ich forschte und fahndete nach ihr, bis ich begriff, dass ich sie verloren habe. Und später verstand ich, dass sie in unserem Elend nicht mehr leben wollte. Vater trank nach ihrem Weggang noch mehr. Ich weiß nicht, ob Sie, Doktor, nachempfinden können, wie es ist, ohne Liebe, ohne Vertrauen, ohne Einssein mit einem anderen Menschen in dieser Welt zu leben. Nur in meinen Träumen erscheint sie mir. Ich spreche mit ihr, erzähle ihr, wie es mir geht und manchmal kommen mir dabei die Tränen. Zu meinem Vater hatte ich keine Beziehung. Nach dem Verschwinden meiner Mutter soff er Tag und Nacht. Ich habe ihm erklärt, dass ich als sein Kind nichts mit ihm zu tun habe. Er nickte und äußerte verschwommen, macht nichts, ist egal. Er hat uns Kinder niemals geschlagen. Das halte ich ihm zugute. Er starb nach einem Vierteljahr, nachdem Mama uns verlassen hatte. Ich war erleichtert und riss von zu Hause aus. Ich kann nicht sagen, wie ich danach gelebt habe. Ich wurde ein Straßenkind, schlief unter Brücken, im Wald, bei fremden Leuten. Ich hatte ständig Hunger, wurde aufsässig, wurde frech, habe Leute auf der Straße bestohlen, bis mich die Polizei dabei ertappte und in ein Erziehungsheim steckte. Und das war das Beste, was mir widerfahren ist. Hier wurde ich eingeschult, übersprang einige Klassen und entwickelte mich zum Vorzeigeschüler. Die Erziehung im Heim war religiös. Wir haben gebetet, wir sind regelmäßig in die Moschee gegangen, wir haben uns an Allahs Gebote gehalten und den Koran studiert. Ich bin ein gläubiger Moslem geworden. Ich erlernte Keyboard, Schlagzeug und Trommeln, wurde aus der 9. Klasse entlassen, besuchte nach der Schulentlassung ein Institut für Musik, denn Musik lag mir im Blut. Mein Ziel war, eine eigene Band zu gründen und Karriere zu machen. Diese Ziele habe ich auch erreicht. Ich habe 4 CD-Rom und 3 Disk herausgegeben und habe in ganz Afrika aufgespielt, so in Kairo, Marokko, Kapstadt, Bamako, Tunis. All meine Lieder und meine Kompositionen habe ich meiner Mama gewidmet. Ich nahm an, dass sie sie zufällig hört und stolz auf mich ist. Von den Menschen hielt ich mich fern, denn die Not macht sie so böse, wie ich es einst war. Dann lernte ich meine spätere Ehefrau in Bamako kennen. Wir hatten ein gemeinsames Konzert und einen gemeinsamen Umkleideraum. Als ich nach meinem Auftritt den Schminkraum betrat, saß sie nackt vor dem Spiegel und war noch geschminkt. Sie zeigte sich nicht erschrocken oder empört, nein, sie stand wortlos auf, legte sich auf die Couch und sagte nur: "Komm!"

Sie spreizte ihre Beine, ihre Vulva war leicht geöffnet und glänzte feucht. Ich hatte das dreißigste Lebensjahr erreicht, konnte mich nicht zügeln, entkleidete mich und wir liebten uns. Sie war sechs Jahre älter als ich und die erste Frau, mit der ich schlief. Sie war von Beruf Sängerin. Wir haben geheiratet. Ich war sehr glücklich. Ich kann sagen, ich fühlte mich bei ihr so glücklich wie bei meiner Mutter. Ich begrüßte jeden Tag mit frohen Herzen, war sorgenfrei und sehr schöpferisch. Die Texte flogen mir zu, die Melodien dazu stiegen in mir auf und überschütteten mich. Ich hatte Erfolg. Meine Frau wurde schwanger und brachte ein Mädchen zur Welt. Wir nannten sie Salema, es ist ein Synonym für das Paradies im Koran und bedeutet so viel wie sicher, glücklich, friedlich, unendliche Freude und Vollkommenheit. Mein Glück schien kein Ende zu nehmen. Meine Frau war verständnisvoll, sinnlich, zärtlich, ausgeglichen, gütig und gerecht, gab mir Sicherheit und Selbstvertrauen, sie war fern von aller Bosheit und eine fürsorgliche Mutter. Es gab kein Geheimnis zwischen uns, davon war ich überzeugt. Fünf Jahre dauerte mein paradiesischen Leben. Salema wuchs heran und bereitete uns viel Spaß und Vergnügen. Ich fühlte mich geborgen und ungefährdet wie bei meiner Mutter. Eines abends betrat meine Frau mit einem Koffer mein Arbeitszimmer und eröffnete mir, sie liebe seit drei Jahren einen Mann, zu dem sie ziehen werde. Ich würde nicht sie, sondern meine Mutter lieben. Sie

sei aber nicht der Ersatz für sie. Sie sagte wörtlich: „Du bist so dumm, hast nicht einmal gefragt, wo ich zweimal in der Woche über Stunden gewesen bin und was ich gemacht habe. Ich habe Dich mit ihm betrogen. Es war befreiend."
Das waren ihre Worte. Sagte es, drehte sich um und verließ Salema und mich. Ich war erstarrt, blieb vor dem Keyboard sitzen, brachte kein Wort heraus und lief ihr nicht hinterher. Ich verstand die Situation nicht, ich war gelähmt. Ich dachte im ersten Moment, dass sie spaßt. Als ein Taxi vorfuhr und sie einstieg, begann ich, das Geschehen allmählich zu verstehen. Es war zu spät. Sie ließ nie wieder von sich hören. Ja, es war ihre Entscheidung, aber ich hatte die ganze Zeit nichts bemerkt. Ich hatte sie verloren, sie war verschwunden wie meine Mutter ohne Erklärung, ohne Streit, ohne Vorhaltungen. Ich fühlte mich verlassen, verletzt, gekränkt, beleidigt, enttäuscht und wund, rätselte warum, was habe ich falsch gemacht und verstand es nicht. Erst nach Jahren habe ich mich durchschaut. Ich habe nur für

die Musik gelebt. Mein erster Impuls nach ihren Fortgang war, mich und Salema umzubringen. In einer Nacht, ich glaube, ich war noch benommen, huschte ich mit einem Messer auf Zehenspitzen in das Zimmer von Salema. Sie sollte im Schlafe sterben und danach wollte ich mich aufhängen. Ich beugte mich über sie und sah sie friedlich schlafen. Ich betrachtete dieses wunderhübsche Kind, mein Kind, und viele Gedanken stürmten wild durch meinen Kopf. Sie hatte das Leben vor sich, durfte ich sie töten, nur weil ich in meinem Leben keinen Sinn mehr sah, weil ich enttäuscht, gekränkt und verletzt worden bin? Sie schlief, träumte vielleicht vom nächsten Tag, von Spielen, von mir, von ihren Puppen oder von ihrem Lieblingsessen. Und in diesem Moment erfasste mich die Bestimmung meines Lebens. Ich musste für sie da sein, für sie sorgen, sie selbstlos beschützen und ihre heile Welt bewahren. Ich schlich mich wie ein Dieb aus ihrem Zimmer, kaufte mir in den nächsten Tagen ein Haus und ließ mich in dieser Stadt als Komponist und Texter nieder. Frauen interessierten mich nicht, ich dachte oft an meine Mutter und wollte für Samela so sein, wie meine Mutter für mich. Ich hatte meinen Frieden gefunden. Aus dieser Zeit stammen Lieder und Melodien, sie sind simpel und berühren doch die Herzen der Menschen. Lauschen Sie, Doktor, und lassen Sie sich in die Aura meiner damaligen Gefühle verleiten:

Schau hinauf ins Himmelszelt
und sieh, wie ein Sternchen fällt
hinab zur Erden.
Es leuchtet, strahlt, verglüht in Sekundenzeit
und taucht ein in die dunkle Ewigkeit.
So ist unser Leben.

Was ist dunkel, was ist licht?
Ist es der Geist, der dir verspricht
den Himmel auf Erden?
Nein, es ist der Tränen Fluss
in dem du schwimmen musst,
um dich selbst zu erreichen.

Die Worte von Mehmed hallten in der Abendstille im Herzen von Dr. Fiedler lautlos nach. Die Sonne war untergegangen und der Mond lugte über die Bergeshöhen. Dr. Fiedler stand auf, holte eine Kerze und zündete sie an. Sie flackerte, blieb andächtig verschwiegen und beide Männer bedachten das beklemmend Zitierte für sich. Mehmed unterbrach die beschauliche Stille und setzte seine Lebensgeschichte fort:

„Es vergingen einige Jahre bis zu diesem Ereignis mit der Schaukel. Wir hatten ein ausgeglichenes Leben. Samela kam zur Schule und befreundete sich mit anderen Kindern. Ich hatte für meine Tochter im Garten eine Schaukel errichten lassen. Dort spielte sie oft mit Nachbarskindern. Samela war ungestüm und stürmisch. Sie wollte mit der Schaukel in den Himmel fliegen und fiel aus großer Höhe in die Tiefe auf die Erde. Ich war nicht zu Hause. Als ich zurückkehrte, berichteten mir Nachbarn, dass Samela bewusstlos in das Krankenhaus eingeliefert worden sei.

Mein Nachbar, der anwesende Schamane, beschwor mich.

„Hol sie aus dem Krankenhaus zurück, ich werde den bösen Geist aus ihr vertreiben. Sie will in den Himmel. Die weißen Ärzte verstehen davon nichts, sie werden Samela töten, sie wird sterben. Sie hat das Böse in sich."

Es traf mich wie einen Schlag. Nach diesen Worten verspürte ich Eiseskälte und Frieren, Angst und Unruhe. Welchen Sinn hat dann noch mein Leben, wofür lebe ich? Wiederholt sich mein Leben, ist es nur Verlassenheit und Verletzung? Ich geriet in einen Zustand, den ich vorher noch niemals hatte. Ich erinnere mich nur noch daran, dass ich in mein Haus rannte, das Buschmesser nahm und von der Idee besessen war, ich muss meine Tochter retten, bevor sie stirbt. Irgendwann hatte ich mich vor Ihnen postiert, Dr. Fiedler, sie redeten auf mich ein und dann hatte ich meine Samela im Arm. Sie lebte. Verstehen Sie mich richtig, sie lebte. All meine Liebe nach Mutter und Frau, nach Hoffnung und Glaube, hängt an diesem

Kind. Ich liebe sie über alles und war vom Gefühl beherrscht, man will sie mir nehmen, das Letzte, was mir verblieben ist. Ohnmächtige Wut bestimmte und lenkte mich, ich hatte mich nicht mehr unter Kontrolle, nur ein Gedanke hatte sich bei mir festgesetzt: Wer sie tötet, soll auch sterben."

Mehmed atmete stoßweise, war totenbleich und kauerte sich gekrümmt auf seinen Stuhl. Dr. Fiedler blieb stumm, trank Schlückchen Weise Tee und hielt sich lange Zeit in Schweigen. Kein Wort kam über seine Lippen. Bilder seiner eigenen Vergangenheit stürmten auf ihn ein, verworren, konfus und ohne Zusammenhang. In dem kleinen Raum lastete das Schweigen und beide Männer mieden es, sich anzublicken. Die Stille füllte das Zimmer, nahm den Atem, erdrückte sie. Plötzlich fiel Mehmed von seinem Stuhl, rutschte auf den Knien zu Dr. Fiedler. Der wollte ihn aufheben, Mehmed wehrte ab und flehte:

„Doktor, verzeihen Sie mir, ich bitte Sie, verzeihen Sie mir, erbarmen Sie sich

meiner. Salema ist mein Ein und Alles, ich war fest entschlossen, Sie zu töten. Ich war ein Mörder."
Dr. Fiedler hob den Widerstrebenden auf. „Mein Freund, mein Bruder, ich bin mit Dir, ich verstehe Dich, ich leide mit Dir, auch ich bitte um Vergebung. Ich bin sündiger als Du und nicht nur in Gedanken. Ich habe nicht die Reinheit, Dir zu vergeben. Ich wollte, ich dürfte es. Jetzt aber gehe, lebe in Frieden mit Deiner Tochter und besuche mich in einer Woche, dann werde ich Dir von mir erzählen."

3

Die Sonne neigte sich der Erde zu, ein kühler Wind umwehte Dr. Fiedler und Wohlgerüche strömten auf ihn ein, der in seinem Garten saß. Er wartete auf Mehmed. Der kam wie verabredet, öffnete die Gartenpforte und setzte sich ungebeten dem Doktor gegenüber auf eine Bank und betrachtete seinen Gegenüber. Dr. Fiedler war ein alter Mann mit gebeugten

Schultern, müden Augen, dünnen grauen Haaren und tiefen Falten im Gesicht, der seine Brille abnahm, sie umständlich putzte, wohl um Zeit zu gewinnen. Dr. Fiedler räusperte sich nach einer Weile und begann zu sprechen. Seine Stimme war brüchig, festigte sich aber im Verlaufe des Gesprächs.
„Ich wollte Dir von mir erzählen, damit Du mich verstehst. Ich bin nicht der, wie Du es meinst. Deutschland ist ein großes Land. Vor dem Krieg waren wir Bauern in Schlesien. Ich weiß noch, wie ich auf Großvaters Schoß saß. Er tätschelte mich und las mir Märchen vor. Ich half ihm im Garten, sammelte Pilze mit ihm im Wald und kauerte zu seinen Füßen, wenn er Potschen baute. Es machte mir Vergnügen, ihm den Hammer zu klauen und fortzulaufen. Er humpelte hinter mir dann her, rief, haltet den Dieb, doch ich war schneller. Er fing mich nicht. Welch ein Hochgefühl. Er nannte mich kleiner Adler, ich war sein Stoz. Er starb noch vor der Vertreibung. Großmutter war bereits verstorben, ich habe nur noch flüchtige

Erinnerungen an sie. Sie hat mich verwöhnt, steckte mir Süßigkeiten zu und umarmte mich öfter. An meinen Vater habe ich so gut wie keine Erinnerungen. Er war im Krieg und nur selten zu Hause. Wir mussten aus unserer Heimat flüchten. An einem Checkpoint wurden wir kontrolliert. Meine Mutter war eine schöne und reife Frau. Sie wurde ohne Begründung von Soldaten abgeführt und zu einem großen Gebäude gebracht. Nachbarn nahmen mich und meine Schwester in Obhut. Ich weiß noch, wie ich oberhalb eines Flusses stundenlang auf meine Mutter wartete. Und dann erblickte ich sie, wie sie schleppenden Schrittes und mit gesenktem Haupt über die Brücke hinauf zum Hügel schritt. Ich lief ihr mit pochendem Herzen entgegen, ich umarmte sie, sie küsste mich und sagte, vergiss es, vergiss es! Ich habe es nie vergessen und wusste, man hatte sie in ein Prostituiertenhotel für Soldaten gewaltsam entführt und dort missbraucht. Ich wusste zugleich, ich werde alles für sie tun. Eines Tages stand plötzlich vor mir ein Mann, man sagte, es ist dein Vater, aber es war für mich ein fremder Mann. Er machte mir meine Mutter streitig. Er fiel in Russland wie drei seiner Brüder, ich empfand keine Trauer. In Restdeutschland bekamen wir zunächst keine Wohnung, wir schliefen in Scheunen und in Ställen. Meine Mutter war eine sehr liebe, warme, beschützende und sehr sorgende Frau. Sie lebte nur für meine Schwester und für mich. Nach der Vertreibung arbeitete sie bei einem Bauern auf dem Felde, später pflegte sie einen gelähmten Mann. Sie überwachte unsere Schulaufgaben, sie strickte und häkelte und hungerte für uns. Die Erinnerung, wie wir von Russen erschossen werden sollten, wie sie vergewaltigt worden ist, wie wir auf der Flucht Schutz suchten und um Essen bettelten, haben sich tief in mein Gedächtnis eingegraben. Ich schlief noch als großer Junge mit ihr, ich war ein Muttersöhnchen. Sie hat alles geopfert, alles getan, alles ermöglicht. Wir waren sehr arm, aber ich fühlte es nicht. Wir teilten das Essen und ich hatte den Eindruck, dass es uns gut geht. Unser Familienklima war harmonisch, liebevoll und rücksichtsvoll. Unsere Mutter war stolz auf uns und überzeugt, dass wir unseren Weg im Leben gehen. Sie war Mitglied einer Freikirche und sehr fromm. Ich wurde von meinen Schulkameraden deswegen geschlagen und als Ungläubiger behandelt. In der Schule erbrachte ich gute Leistungen. Obwohl ich bis in die Pubertät aus Not stahl, kannte ich keine Strafen. Meine Mutter fragte mich nie, woher ich die Eier, das Feuerholz, die Tauben hatte. Mit 14 Jahren wurde ich in die Oberschule versetzt, mit 18 Jahren legte ich das Abitur ab. Nach einem Unfall sah ich in meinen Träumen einen Feuerball, er ist schwarz ummantelt und erstreckt sich in die Ewigkeit. Ich laufe hinein, verbrenne nicht, finde mich nicht zurecht und verliere mich. Ich bin in einer unbekannten Welt, bin einfach allein. Ich schreie und keiner hört mich. Ich irre umher und fühle mich verloren. Auf einmal stehen Soldaten vor mir, sie legen ihre Gewehre an und zielen auf mich. Ich wehre mich, kämpfe mit ihnen, schlage wild um mich und werde von meiner Mutter geweckt. Sie legt mich auf ihre Brust und streichelt mich. Später war es meine Frau, die mich so beruhigte. Ich wage nicht, Anderen zu berichten, was ich geträumt habe. Man kann Träume nicht rational verstehen, denn sie sind Gefühl. Dieser Traum verfolgt mich seit meiner Kindheit. In der Nachkriegszeit wurde ich schnell erwachsen. Ich musste Holzhacken, frühmorgens den Ofen anzünden, Reparaturen durchführen, nachmittags die Gänse des Bauern hüten, Rüben ziehen und Kartoffeln lesen. Das verdiente Geld händigte ich meiner Mutter aus. Sie lachte dann, umarmte und küsste mich. Ich war glücklich über ihre Anerkennung und ich trachtete danach, unser Leben leicht zu machen. Taschengeld bekam ich nie und forderte es auch nicht ein. Meine Schulleistungen waren mäßig, ich hatte keine besonderen Begabungen. Das Abitur bestand ich ohne Komplikationen. Das war im Jahre 1953. Ich begann Medizin zu studieren,

ich hatte das Bedürfnis gut zu sein. In den Semesterferien verdiente ich mir Geld als Fernfahrer. Alle anfallenden Prüfungen bestand ich zum frühesten Termin. Als Assistenzarzt erlebte ich zum ersten Male bewusst den Tod eines Menschen. Der Tod erschlägt mich grundsätzlich nicht. Ich kannte ihn von der Flucht, da lagen Alte, Kranke und Erschossene im Graben. Steif und erstarrt. Sie jagten mir Schrecken ein. Für mich werden damit Fragen von Glaube, Vorsehung und Bestimmung berührt. Das Erlebnis des Sterbens ist für mich so beeindruckend wie in konträrer Weise die Geburt eines Menschen. Ich habe noch keinen Menschen erlebt, der im letzten Augenblick seines Ablebens vor dem Tode Angst hatte. Ich bete zu Gott, ihr nennt ihn Allah. Uns ist der Eintritt und der Austritt des Lebens vorbestimmt. Ich glaube an ein ordnendes, dirigierendes Moment, ich bin auch davon überzeugt, dass ich meine Frau und meine Kinder wiedersehen werde. Doch nun genug von meinem Leben."
Dr. Flieder hielt inne, schaute nach der

untergehenden Sonne, die über einen Berg ihre rot leuchtende Strahlen auf die Erde schickte.

„Sehen Sie, Mehmed, so ist das Leben. Die Sonne geht unter und steht am nächsten Tag strahlend über uns. Als Arzt habe ich viele Stationen in den verschiedensten Städten von Deutschland absolviert. Ich will sie nicht aufzählen, sie sind für Sie fremd. In einer Klinik habe ich mich mit Serumhepatitis infiziert. Ich wurde 4 Wochen stationär behandelt und trat danach eine sechswöchige Erholungskur an. Bei dieser Kur wurde mir jeden Abend eine Valium 1o verordnet, damit ich ruhig und entspannt schlafen konnte. 1970 trat ich meinen Dienst wieder an und nach einigen Jahren fühlte ich mich reif, einen Chefarztposten als Unfallchirurg anzuvisieren. Ich bewarb mich bei einigen Kliniken, in H. sagte man mir zu, dass ich die neu einzurichtende traumatologische Abteilung leiten solle. Man zog meine Ernennung zum Chefarzt hin, ich habe gekündigt und mich an einen Makler gewendet, der mich an eine andere Klinik vermittelte. Mein vormaliger Chef intervenierte und riet allen Krankenhäusern, Abstand von mir zu nehmen. Und so erging es mir in vielen Krankenhäusern. Dieser Mann warnte vor mir, er wurde mein unsichtbarer Feind. Ich kam über die Position eines Oberarztes nie hinaus. Ich wurde ungeduldig, aber verzagte nicht. Aufgrund meines guten Verdienstes als Oberarzt hatte ich mich verschuldet. Ich bewarb mich bei Kliniken in Deutschland und in der Schweiz. Alle versprachen mir bei meiner Vorstellung eine Chefposition und hielten sie nicht ein. Mein Schwiegervater wollte seine Villa verkaufen, forderte dafür einen zu hohen Preis und ich erwarb es gegen bar aus familiären Gründen. Ich ließ darin drei Eigentumswohnungen umbauen und vermietete sie. Es war ein schlechtes Geschäft. Meine Schulden wuchsen und meine finanziellen Rücklagen schmolzen dahin. Mir wurde die Wohnung gekündigt. Ich schrieb die Kreditinstitute an, schilderte meine Situation und bat, man möge doch mit dem Kredit still halten. Man reagierte nicht, führte die erste Pfändung durch, am Ende dieser Entwicklung wurde mir gekündigt. Wir zogen in eine kleine Dachwohnung. Und meine Familie? 1966 lernte ich Elisabeth kennen. Sie war Oberschwester auf meiner damaligen Station, attraktiv, schüchtern und elegant. Sie verhielt sich zu mir spröde und entglitt mir immer wieder. Ich musste bei ihr ewig werben. Nach einem Jahr trafen wir uns öfter und dann ging es schnell. Wir wurden intim. Sie hatte bereits sexuelle Erfahrungen, sprach aber nie darüber. Irgendwie war mir und meiner Mutter selbstverständlich, dass ich sie heiraten werde. Eines Tages klopfte es an meiner Tür. Es war Elisabeth. Sie fragte mich, was denn nun los sei, ob ich mich mit ihr nicht verloben wolle. Ich war verblüfft, suchte nach Worten und sie lachte. In zwei Tagen habe sie Geburtstag, das sei für diesen Feiertag das richtige Datum. Am nächsten Tage lernte ich ihre Eltern kennen. Eine Woche später fuhren wir gemeinsam nach Italien. Die Schwiegereltern erwiesen sich als großzügig und tolerant. Bei ihnen erlebte ich Dinge, die mir als Bauernjunge völlig fremd waren. Sie interessierten sich für Kunst, waren Welt aufgeschlossen und diskutierten über Dinge, von denen ich nie gehört hatte. Im März 1969 heirateten wir auf einem Schloss, es waren 120 Gäste geladen. Eine Kapelle spielte, Zauberkünstler und Opernsänger traten auf, der Bischof hielt eine Rede. Mein Verhältnis zum Schwiegervater war sehr herzlich, bis sich meine Frau von ihren Eltern löste. Sie hatten sich geweigert, uns finanziell zu unterstützen. Wir zeugten zwei Kinder, Petra und Karl. Meine Frau reifte mit den Kindern. Es ist die schönste Zeit meines Lebens gewesen, wir haben damals ein richtiges Familienleben geführt. Wir gingen Essen, wanderten, besuchten Opern und das Theater, hatten Freunde und bewunderten unsere Kinder. Ich wurde von der Idee geleitet, ich bin verantwortlich für meine Familie, ich habe für sie zu sorgen, sie ist der Sinn meines Lebens. Dann kamen wie geschildert die beruflichen und die finanziellen

Probleme. Ich konnte nicht mit Geld umgehen, ich hatte es auch nicht gelernt. Die finanziellen Sorgen erdrückten uns, meine Frau und ich hatten kaum noch sexuellen Umgang, es war ein stilles Verstehen und ein stilles gemeinsames Tragen. Ich ging früh ins Bett, die Familie war durch die Umstände in sich gestört. Ich konnte mich nicht voll hingeben und mich nicht bei meiner Frau aussprechen. Ich lebte für mich und verschloss mich. Für uns war das Wichtigste, dass wir alles vergessen wollten. Wir waren ausgebrannt und mein Leben war nur noch das eines Roboters. Ich wollte hoch hinaus, wollte mich beweisen, wollte Adler sein und stürzte ab. Und verstand nicht warum, dcnn keiner sagte mir die Wahrheit. Mit viel Mühe erfuhr ich, dass ich die Erwartungen meiner Kollegen nicht erfüllte." Es schockierte mich.

Der Doktor atmete tief und stoßweise. Legte eine Pause ein und fuhr dann fort: „Das Schlimmste, was mir widerfahren ist, waren Drogen. Als ich Oberarzt war, erkrankte ich an Hepatitis. Ich

wurde vier Wochen stationär behandelt und kam danach für sechs Wochen in ein Rehabilitationszentrum. Ich habe damals zum ersten Male in meinem Leben Psychopharmaka eingenommen. Valium. Ich meine, dass ich mich daran gewöhnt habe. Ich wurde von Valium entspannt und konnte schlafen. Als ich aus der Kur entlassen wurde, habe ich mir Valium selbst verschrieben. Ich bin ein motorischer Typ, ich muss mich bewegen, muss arbeiten, muss tätig sein. Als ich eine Klinik verlassen musste, weil mein Vertrag nicht verlängert wurde, griff ich zum Schlafmittel Rebuso.
Ich erlebte mich als Versager. Ich habe mich im Dienst durch Medikamente niemals verändert gefühlt. Ich war ausgeschlafen, ich war relaxiert und voll da, die Welt war für mich in Ordnung. Allmählich habe ich die Dosis gesteigert. Das war die Zeit, als meine Erwartungen enttäuscht wurden und alles über mich zusammen gebrochen ist. Ich war voller Spannung, voller Ärger und Hoffnung auf positive Nachrichten. Ich habe nur immer

grübeln müssen, hatte Leibschmerzen und Kopfschmerzen. Ich war in meinem Beruf voll eingespannt und vergaß als Arzt meine Erbitterung. Als Privatmann wurde ich von Sorgen und Nöten erschlagen. Die Folge war, dass ich die Dosis steigerte, nahm zweimal am Tage 2 Valium und 2 Rebuso und habe nachts zuweilen noch nach dosiert. Meine Frau hat mich auf mein Verhalten angesprochen, ich hielt ihr vor, dass sie Alkohol als Medikament einnehme. Wir hatten uns gegenseitig nichts vorzuwerfen. Mein Missbrauch steigerte sich. Die bisherige Dosis wirkte nicht mehr. In letzter Zeit konsumierte ich morgens eine Valium und eine Rebuso, abends zwei Valium und zwei Rebuso, für die Nacht 2 Valium und 2 Rebuso. Und an den Wochenenden habe ich mich noch höher dosiert. Meine Frau machte mir keine Vorhaltungen mehr. Sie erkannte, dass ich schlafen muss und ohne Medikamente ging das nicht. Ich wollte nur schlafen, schlafen und mich bis zum Urlaub retten. Ich schleppte mich vom Bett ins Krankenhaus und vom Krankenhaus ins Bett. Kein Mensch hielt mir vor, dass ich nicht wach sei. Aber ich kann mich an den letzten Monat nur noch schwach erinnern. Mein Kurzzeitgedächtnis setzte aus. Ich bekam Zweifel, ob ich nicht tatsächlich abhängig geworden bin. Ich weiß als Chirurg, dass es nicht verantwortbar ist, Psychopharmaka einzunehmen. Aber ich musste es ja, ich konnte nicht mehr abstinieren. Und wenn man in diesem Zustand ist, dann reflektieren man sich nicht. Entzugserscheinungen kannte ich nicht. Ich habe in meinem Leben immer versucht, durch Leistung zu überzeugen und mich dadurch nicht angreifbar zu machen. Ich habe auch einen gesunden Menschenverstand. Ich bilde mir umsichtig, zügig und entschlossen ein Urteil und handle danach. Das war zu jener Zeit mein Selbstbild."

Dr. Fiedler schaute nach Mehmed und sah ihn nicht. Er fragte:

„Hören Sie überhaupt noch zu? Ich erzähle und erzähle und gehe davon aus, dass Sie mir zuhören."

Dr. Fiedler hörte ihn antworten:
„Ich habe noch niemals einen weißen Mann sich offenbaren gehört. Ich bin neugierig, was Ihre Wahrheit ist und wie es mit Ihnen weiter geht! Bitte, fahren Sie fort und gehen Sie davon aus, dass ich nicht anwesend bin."
„Nun ja, ich erinnere mich dunkel, dass ich am 16.06. eine Schenkelhalsoperation durchgeführt habe. Die Staatsanwaltschaft hat mir vorgehalten, dass ich noch eine zweite Operation durchgeführt habe. Davon weiß ich nichts. Meine Frau und ich wussten beide, dass wir am Ende sind und in den Urlaub fahren müssen. Wir waren nur noch getrieben. Von den Berufsproblemen, den Finanzen, den Drogen. Ich machte mir vor, wenn ich nicht arbeite, habe ich keinen Verdienst, wenn ich keinen Verdienst habe, bricht alles zusammen. Meine Arbeitszeit betrug etwa acht bis neun Stunden pro Tag und das alle Tage in der Woche. Am Tattage kam ich abends nach Hause. Wir saßen zusammen, Elisabeth holte das Nähkörbchen und flickte Kleidungs-

stücke von den Kindern. Wir müssen auch über unsere Belastungen gesprochen haben und auch darüber, dass ein anderer Kollege Chef geworden sei. In mir tauchte der Gedanke auf, was bist du, was stellst du dar, wie geht es weiter. Ich schämte mich vor meiner Frau über meine Gefühle zu sprechen. Am liebsten hätte ich mich in die Ecke gesetzt und geheult. Das Leben schien mir unerträglich und aussichtslos zu sein. Schon zuvor hatte ich mich zunehmend mehr mit dem Tod und meinen eigenen Lebensende beschäftigt. In Mußestunden plante ich in Gedanken meinen Suizid, bereitete ihn vor und führte ihn gedanklich durch. Meine Gedankenspiele waren mir nicht ein Problem, sondern die Lösung der existentiellen Konflikte. Soll ich Selbstmord begehen? Ich fühlte mich dabei selbstbestimmt und verantwortungsvoll, bereitete mich so auf den letzten Schritt vor und zögerte nur, weil ich Schuld und Belastung meiner Frau und den Kindern gegenüber fühlte. In meinem Erleben war ich ihnen gegenüber verbunden und konnte mich von ihnen

nicht trennen. Es war mir unmöglich, mich von ihnen zu verabschieden.
Ich war auch obrigkeitsgläubig. Nur die Mächtigen dürfen bestimmen, wann und unter welchen Bedingungen wir töten dürfen. Sie fassen es in Gesetze und sind dabei sehr erfinderisch. Meine Frau räumte irgendwann das Nähzeug beiseite, holte noch eine Flasche Alkohol aus der Küche, trank sie zügig aus, erhob sich und blieb bei mir stehen. Sie küsste mich und stammelte: „Ich liebe Dich, vergiss es nicht. Nichts kann uns trennen, ich folge Dir bis in den Tod."
Dann ging sie schlafen. Ich hörte betäubt zu und verstand sie nicht. Ich fühlte mich ausgebrannt und ging ebenfalls schlafen. Als ich neben ihr lag, kamen mir ihre letzten Worte in den Sinn. Ich konnte nicht einschlafen, dachte daran, was sie mir gesagt hatte. Sie hatte mich mit ihren Worten versengt. Ihre Worte drangen in mein Gehirn ein, umflatterten mich, wühlten sich in mein Herz und fraßen sich in mein Eingeweide. Meine Frau hatte mir die Lösung des Problems von

mir eingehaucht. Es hieß, wir scheiden gemeinsam aus diesem Leben. So verstand ich es. Dieses Geständnis vergiftete mich. Sie hatte mir nicht Mut gemacht von der Art: Es wird alles gut oder wir schaffen es. Nein, es bedeutete, wir folgen Dir in den Tod. Meine Nerven bewegten sich zwischen Gegenwehr und Zustimmung ihrer ausgesprochenen Gedanken. Auch sie wusste keine andere Lösung. Ihre Worte versprachen Ruhe, Friede und Vergessen. Nur fort aus diesem Leben, dann ist alles vorbei. In diesem Zwiespalt bin ich vom Bett aufgestanden, bin mit dem Auto in die Stadt zu einer Apotheke gefahren und habe mir dort Valium und Rebuso gekauft. Ich ertrug diese Erkenntnis nicht. Unterwegs warf ich mir Tabletten ein. Es waren viele. Ich muss nach Hause zurückgefahren sein, kann mich aber daran nicht erinnern. Ich bringe alles durcheinander und habe keinen roten Faden für die nachfolgenden Ereignisse. Es kommen Spot lights, da blitzt etwas auf, ich weiß aber nicht, hast du es erlebt oder ist es nur Einbildung.

Es sind Einzelbilder, Erinnerungen von eigenartigem Charakter. Es ist, als ob ich mich selbst sehe. Der eine beobachtet, der andere hat das Gefühl, dass er beobachtet wird. Als ob es zwei sind, die in mir wohnen, miteinander sprechen, doch der eine kann den anderen nicht beeinflussen. Ich bin Zuschauer und Schauspieler zugleich. Ich wollte zu Hause mit ihr sprechen, benetzte sie mit kalten Wasser, sie wachte kurz auf, aber sie lallte nur. Mir ging durch den Kopf, was wird aus den Kindern? Ich vernahm ihr Lachen und ahnte ihr dunkles Schicksal. Sie werden unter Not, Armut und Ächtung leiden und bedachte nicht, dass sie gesund, stark und belastbar sind. Ich hatte den Eindruck, es wäre Tag gewesen, aber es war spät abends, vielleicht auch nachts. So wankte ich nach Hause, ich fahndete nach meinem Auto, fand es erst nach langer Zeit. Meine Frau hat am Tisch gesessen. Vor ihr stand eine Flasche, ich nehme an Whisky. Ich fragte, warum trinkst Du? Durch das geöffnete Fenster drang eine Melodie, geisterhaft wie aus einer anderen

Welt. Kinderstimmen sangen hell und beschwingt. Ich fragte nochmals, warum trinkst Du? Sie stammelte, Papa war hier. Er hat gesagt, dass Du alles durcheinander gebracht hast. Du seist ein Versager. Du hättest Deine beruflichen Pflichten nicht erledigt, seist ein Besserwisser, könntest nicht mit Geld umgehen, seist nur ein verkommener Süchtiger. Bei diesen Anklagen hat er nur laut und hysterisch gelacht. Du, mein lieber Gatte, hättest uns ins Verderben gestürzt, ich solle mich von Dir trennen, bevor es zu spät sei. Es war zu viel für mich. Dann sehe ich einen ausfahrenden Arm und eine abgebrochene Spritze hinter dem Gesäß meiner Frau. Dann nehme ich den Arm meiner Frau wahr, aber ich sehe nicht die Spritze. Ich rätsele, wo kommt die Kanüle her, womit ist sie gefüllt? Ich weiß nicht, was los ist. Irgendwann steht Karl zwischen meinem Schreibtisch und dem Stühlchen. Ich gebe ihm einen Kuss. Er fragt etwas, ich weiß nicht was. Er liegt im Bett, aber das ist sehr vage. Dann bin ich bei Petra. Ich meine, sie ist in ihrem Bettchen gewesen.

Und dann bin ich in der Küche, in der einen Hand ein Messer und mache an meinem Arm herum. Und dann stehe ich am Kühlschrank und habe die letzte Portion Valium und Rebuso geschluckt. Und als ich an mir rummache, meine ich, ich hätte über mich selber gelacht und gedacht, wie leicht ist doch das Sterben. Ich fliege in die Höhe und sehe die Welt von oben. Ich bin ein Adler. Ich höre Menschen, wie sie über mich lästern. Er hat sich in die Hosen geschissen, er hat sich an Patientinnen vergangen, er ist kein Arzt, er ist ein Schwindler. Und Hochstapler. Ich trachtete danach, meine Verleumder zu entdecken, doch sie hatten sich versteckt. Dann wiederum klatschten die unsichtbaren Leute mir Beifall und jubelten mir zu. Ich sei auserwählt und könne Wunder vollbringen. Und dann kommt eine irre Notsituation. Ich bin an Händen und Füßen gefesselt. Ich meine, ich hätte nach meinem Chef geschrien. Und irgendwann wurde ich wach. Man hatte mir einen Tropf angelegt. Aber das ist alles sehr unbestimmt, ich kann es nicht beschwören. Und nach langer Zeit wurde mir tief im Inneren bewusst,dass meine Frau und meine Kinder durch mich gestorben sind. Was war passiert? Es waren, so schätze ich, zwei Tage vergangen. Aber ebenso wurde mir klar, dass sie mich am Bett im Krankenhaus besucht haben. Ich sehe es deutlich vor mir, wie sie im Zimmer erscheinen und die Kinder rumspielen. Elisabeth sitzt an meinem Bett, lächelt, streichelt mich und sagt, es wird alles gut, wir kommen Dich bald wieder besuchen. Es hat sehr lange gedauert, bis ich verstanden habe, was ich gemacht habe. Ich habe es zunächst nicht glauben können, ich hatte es aus meinem Bewusstsein verbannt. Die Gewissheit über das schreckliche Geschehen ist bei mir langsam und allmählich gekommen. Ich habe meine Frau und meine Kinder getötet. Ich sinniere noch heute über das Geschehen und habe mir aus Bruchstücken meiner Erinnerung das ganze Geschehen zusammen gesetzt. Es ist irre, bizarr und sprunghaft, der Ablauf des Geschehens stimmt nicht, mein

Erleben springt durch Gegenwart und Vergangenheit zusammenhanglos."

Dr. Fiedler beendete plötzlich seinen Redefluss, er war immer hektischer geworden. Er schaute in die Augen von Mehmed und sah nur glühende Punkte. Er fragte:

„Graust es Ihnen nicht vor mir? Ich bin der Mörder meiner Kinder und meiner Frau, Sie aber wollten nur den Mörder Ihrer Tochter töten! Sie wollten und haben es nicht getan. Ich wollte nicht und habe es getan. Welch ein Unterschied!"

Der aber schüttelte den Kopf und sagte mit Wärme in der Stimme:

„Sie waren krank. Süchtig und psychotisch. Hinter der Krankheit erkennt man nicht den Kranken. Ich war von Affekten bestimmt, einem Zustand, den Jeder kennt. Erzählen Sie weiter, so wie Sie es erlebt haben. Und ich teile Ihnen am Ende mit, wie ich Sie erlebe und wer Sie sind und wer Sie waren."

Dr. Fiedler dachte nach und erklärte:

„Mehmed, der göttliche Funke wohnt in allen Menschen. Alles, was wir wollen, ist nicht frieren, nicht hungern und nicht dürsten. Und was wir fürchten ist, Angst zu haben vor dem Morgen und vor dem Tod. Ich wollte mein Leben lang nur Gutes tun, deshalb bin ich Arzt geworden. Aber warum musste ich so viel Böses erleiden? So viel Heimtücke, Verleumdung, Gehässigkeit und Niedertracht? Wir haben Pflichten Gott gegenüber und eines Tages werden die guten Taten gegen die bösen abgewogen und Jeder wird sein Urteil empfangen. Wonach habe ich gestrebt? Ich wollte Geltung, Reichtum und Macht und war überzeugt, dafür meinen Beruf missbrauchen zu können und es stände mir diese Auszeichnungen zu. Patienten kamen zu mir, sie waren leidend oder alt und flehten mich an, dass ich ihnen helfe. So bestätigten sie mich. Mein Egoismus kannte keine Grenzen, meine Patienten waren Opfer, an denen ich mich bewies. Ich war überzeugt, dass ich es bin, der sie heilt. Ich beugte mich nicht vor Gott, dem Allmächtigen, der über Leben und Tod entscheidet. Als ich mit meiner Einstellung scheiterte, keine Anerkennung und keine berufliche Förderung erfuhr, obwohl ich einer der besten Ärzte war und mit letzter Kraft mich aufopferte, wurde ich verzweifelt und krank. Das Liebste, das ich je hatte, habe ich getötet, ohne mich in meiner Selbstliebe zu erkennen. Das ist die Wahrheit. Als Sie sich vor mir mit dem Buschmesser stellten, hatte ich eine Vision. Ich nahm Sie als siebten Erzengel wahr, der rief, die Macht ist bei Allah. Seine Urteile sind wahr und gerecht. Sie schrien gellend und aus Leibeskräften: Ich werde Sie töten. Ich habe Sie gehört und war bereit, ohne Gegenwehr zu sterben. Der Tod bedeutet für mich Befreiung. In Deutschland wurde ich von jeder Schuld frei gesprochen, das ist das Werk eines jungen Psychologen, der mich begutachtet hat. Er hat vor Gericht ausgeführt, dass ich im Zustand einer Psychose gehandelt habe, ausgelöst durch Medikamentenmissbrauch. Das Gericht ist seiner Argumentation gefolgt und hat nach menschlichen Maßstäben geurteilt. Ich aber weiß und wusste immer, dass ich der Täter bin, dass ich schuldig bin, ich, ich und kein anderer. Ich bin nach dem Urteil nach Afrika geflüchtet und habe jeden Tag so verbracht, als ob es der letzte Tag für mich wäre. Als Sie als Todesengel vor mir standen, habe ich angenommen, das ersehnte Ende sei für mich gekommen. Ihr Zögern, Ihre Besinnung, Ihre Umkehr hat mich dazu verdammt, mit meiner Schuld weiter zu leben."

Dr. Fiedler schaute zu Mehmed. Er wartete auf dessen Urteil. Ihm schien dabei, als ob Mehmed eine geheimnisvolle Ausstrahlung ummantele. Dr. Fiedler fragte: „ Mehmed, haben Sie sich ein Urteil gebildet?"

Da verflüchtigte sich die Figur von Mehmed und löste sich auf. Dr. Fiedler konnte es nicht fassen und tastete mit seinen Händen nach ihm, strich sich über seine Augen und fixierte den Platz, auf dem Mehmed noch vor einigen Minuten gesessen hatte. Er versuchte, seine gewohnte Umgebung mit den Augen zu kontrollieren, sie war unverändert. Er saß allein am Tisch und trank Tee. Er staunte über das Phänomen, sinnierte über seine Vision und begriff allmählich, dass es sein Gewissen war, dass ihm diese ungewöhnliche Erscheinung suggeriert hatte. Er erkannte sich selbst in seiner Nacktheit. Schuld lässt sich nicht begraben. Sie schleicht hinter uns her, wirft dunkle Schatten, lässt sich nicht vergessen und taucht in Fantasien, Visionen und Träumen auf. Ohne Gewissen wird der Mensch zum Übermenschen, mit Gewissen wird der Mensch zum siechen Schreckensbild.

Bisher sind vom Autor erschienen:

Siegfried Binder
Legenden um die Liebe
2014 Verlag: edition Fischer
ISBN 978-3-8645-5928-0

Siegfried Binder
Leidenschaft schafft Leiden
2015 Verlag: BoD, Norderstedt
ISBN 978-3-7347- 6310-0

Siegfried Binder
Bilki- Geschichten von dem Mädchen Bilki
2015 Verlag: BoD, Norderstedt
ISBN 978-3-7386- 2764- 0

Siegfried Binder
Judiths Tränen
2016 Verlag: BoD, Norderstedt
ISBN 978- 3 – 7412- 2691- 5

Siegfried Binder
Wege durch die Finsternis
2016 Verlag:BoD, Norderstedt
ISBN 978-3- 7392- 3900- 2

Siegfried Binder
Gefangen im Netz der Macht
2018 Verlag: twentysix Random House
ISBN 978-3-7407-3048-2

Siegfried Binder
Tödliche Gifte
2018 Verlag: twentysix Random House
ISBN 978-3-7407-4422-9

Siegfried Binder
Die Geburt der Zukunft
2019 Verlag: twentysix Random House
ISBN 978-3-7407-5468-6

Siegfried Binder
Abwege der Liebe
2020 Verlag: twentysix Random House
ISBN 978-3-7407-5064-0